L for Love story

Anne Saulot

L for Love Story

Romance

Mentions légales

© 2023 Anne Saulot

Édition : BoD – Books on Demand, info@bod.fr
Impression : BoD – Books on Demand, In de Tarpen 42,
Norderstedt (Allemagne)

Impression à la demande

ISBN : 978-2-3224-5533-1
Dépôt légal : Mai 2023

Pour mes collègues rencontrés au fil des années…

Chapitre 1

Émilie

C'était devenu un art de vivre. La jeune femme acheva de se maquiller à la hâte, les yeux rivés sur l'horloge fixée au mur de la salle de bain pour éviter justement ce genre de désagréments. Rien n'y faisait. Peu importait l'heure à laquelle elle se levait, elle finissait toujours par dévaler les escaliers de son immeuble, jusqu'au parking où, cheveux au vent, elle entrait dans sa voiture et démarrait en trombe, au grand dam des voisins. En général, elle profitait d'être arrêtée au feu rouge pour parfaire son maquillage, s'attirant les commentaires désobligeants de certains conducteurs excédés de ne pas la voir démarrer dès le passage au vert. Elle ne pouvait pas se permettre d'être en retard ce matin. Pas le jour de la rentrée, d'autant plus que la direction changeait cette année et qu'elle doutait fortement que la nouvelle principale apprécie qu'elle ne soit pas à l'heure. Toute l'équipe avait eu l'occasion de la rencontrer avant les vacances et elle ne les avait pas inspirés. C'était une femme d'une cinquantaine d'années, au sourire rare et à la voix rauque, éraillée par des années de tabagisme. Elle s'était contentée de les jauger d'un air sévère lorsqu'ils étaient venus la saluer, comme s'ils avaient été des élèves pris en faute. Quant au nouveau principal adjoint, il ne leur avait pas fait l'insigne honneur de se déplacer. Sans doute avait-il mieux à faire ! En montant dans sa voiture ce matin-là, la jeune femme, pourtant heureuse de retrouver ses collègues, dont beaucoup étaient devenus, au fil du temps, des amis, se sentait anxieuse. Elle savait combien un établissement scolaire dépendait de l'équipe de direction qui le gérait et se demandait à quelle sauce ils allaient être mangés. Elle se rendit très vite compte, en arrivant au collège, qu'elle n'était pas la seule dans ce cas. Stéphanie, professeur d'histoire et une de ses très proches amies, la cueillit à peine sortie de sa voiture :

— Salut, ma belle !

Elles s'embrassèrent avec effusion. Les deux femmes ne s'étaient pas vues depuis le mois de juillet, Steph étant allée sillonner les routes d'Europe en van avec sa petite famille.

— Alors ces vacances ? s'enquit Émilie.

— Génial ! J'ai des tonnes de trucs à te raconter.

— Il faut que tu m'invites à une soirée photo.

— Ça, tu n'y couperas pas ! Et toi ?

— C'était sympa.

Elle était partie avec une amie par le biais d'une association labellisée « éducation nationale », qui permettait à ses adhérents d'expérimenter des sports nouveaux et de créer des liens, de diverses natures, avec les autres participants. Stéphanie fronça les sourcils :

— Toi, tu as rencontré quelqu'un !

— Juste comme ça. Rien d'inoubliable, mais je te raconterai. Alors tu les as vus ? enchaîna-t-elle, en arrivant enfin au sujet qui les intéressait toutes les deux.

— Non, mais j'ai croisé Muguette. Ils sont allés la saluer quand ils sont arrivés. Il paraît qu'il n'est pas mal du tout l'adjoint, ajouta-t-elle en lui adressant un clin d'œil.

— Ça va nous changer alors, dit-elle, perfide.

Les deux jeunes femmes éclatèrent de rire. Elles rejoignirent leurs collègues dans le hall où débutaient chaque année les hostilités, du discours de cadrage de la direction aux recommandations de l'intendante, en passant par celles du CPE. En somme, un grand moment où bon nombre d'entre eux luttaient vaillamment contre le sommeil alors que leurs camarades en profitaient pour raconter leurs vacances. Le point culminant de cette matinée riche en émotion était la remise des emplois du temps, source de joie ou de profond désespoir, selon les cas. Émilie s'amusait toujours de voir le visage de ses collègues se contracter sous l'effet de l'inquiétude lorsque la secrétaire de l'établissement distribuait les précieuses pochettes. Certains la lui arrachaient presque des mains alors que d'autres osaient à peine la toucher, la caressant du bout des doigts avant de se décider à l'ouvrir, à bout de patience. Quant à elle, si elle avait toujours ce petit frisson d'appréhension quand elle découvrait le sien, elle parvenait en général à se satisfaire de ce qu'elle avait obtenu.

Steph et elle se joignirent au brouhaha ambiant et se servirent un café. Au passage, elles embrassèrent leurs collègues et se présentèrent aux petits nouveaux qui attendaient dans un coin, effarés. C'était sa cinquième rentrée dans cet établissement et c'était pour elle un peu comme une deuxième maison. Elle y connaissait tout le monde et avait des relations cordiales avec la majorité de ses collègues. L'un des professeurs d'EPS, David, lui racontait les déboires qu'il avait eus avec sa location de vacances quand elle aperçut, en pleine discussion avec la principale un homme grand, élancé, aux cheveux sombres. De l'endroit où elle se trouvait, elle ne pouvait pas voir son visage. Elle donna un coup de coude à Stéphanie.

— Tu crois que c'est lui ? demanda-t-elle.

— Ça m'étonnerait que ce soit le nouvel agent d'entretien, répondit-elle, un petit sourire ironique aux lèvres.

— Oh ça va ! Ça pourrait être… je ne sais pas moi, un inspecteur.

— Le jour de la rentrée, bien sûr ! pouffa Steph.

Émilie haussa les épaules, agacée par la mauvaise foi évidente de son amie.

— J'irai bien le voir de plus près, déclara-t-elle, entraînant une Steph qui ricanait dans son sillage.

Quand elles s'y mettaient, elles étaient capables de se comporter comme de vraies adolescentes. Leur seconde collègue d'EPS les dépassa sur la droite et alla se présenter aux nouveaux venus, un grand sourire aux lèvres.

— Non, mais quelle lèche boule celle-là ! s'exclama Émilie, dans un excès de classe.

— Tu crois qu'elle lui laisserait seulement le temps de respirer, renchérit Stéphanie, aussi agacée que son amie d'avoir été devancée.

— Elle m'énerve ! Tu ne trouves pas qu'elle a pris du poids pendant les vacances ? Je ne me rappelais pas qu'elle avait un fessier de cette taille !

— Peau de vache ! lui lança son amie sur un ton affectueux.

Elles étaient encore après le derrière de Virginie quand une voix tonitruante leur ordonna de s'asseoir. Elles échangèrent un regard interloqué et obtempérèrent, s'asseyant au milieu de l'assemblée. De leur place, elles avaient une vue imprenable sur leur nouveau principal-adjoint, un homme d'une quarantaine d'années à l'allure athlétique, au visage sévère, mais aux traits agréables. Son costume à la coupe stricte lui conférait une autorité qui ne se démentit pas lorsqu'il prit la parole. *Pas mal*, pensa Émilie.

— J'adore les mecs avec de la poigne, leur murmura leur collègue d'anglais, une femme élégante d'une cinquantaine d'années.

Elle assortit sa déclaration d'un miaulement retentissant qui fit se retourner les premiers rangs et ne manqua pas d'attirer l'attention des chefs. Émilie pouffa, tentant de dissimuler son hilarité derrière le cahier qu'elle promenait partout, en bonne élève qu'elle était. Un regard aux visages agacés de la principale et de son acolyte suffit à la calmer.

— J'ai l'impression qu'on va rigoler cette année, souffla-t-elle à Steph qui acquiesça, la mine déconfite.

Laurent

Il balaya l'assemblée du regard histoire de se donner une contenance et passa une main nerveuse dans ses cheveux poivre et sel. Des profs. Un véritable cauchemar. Il n'avait plus qu'une envie à cet instant : prendre la tangente, rentrer chez lui et se vautrer sur son canapé, un bon livre entre les mains. Il les observait depuis le début du discours de la principale, consterné par le manque d'attention dont ils faisaient preuve. Pourtant, il avait été prévenu lors de sa formation : il n'y avait pas plus indiscipliné qu'une bande de profs bronzés et reposés. Il n'y avait pas cru, persuadé que ses collègues exagéraient, mais aujourd'hui, il ne pouvait que constater l'évidence : ces profs étaient pires que leurs élèves. Même le premier rang ne cherchait pas à faire illusion, les quelques personnes qui y étaient installées étaient plongées dans une grande discussion, certes à voix basse, mais qui excluait toute écoute. Laurent se demandait comment la principale pouvait accepter cela. Ce n'était pourtant pas son premier poste. Et puis il y avait ces deux donzelles au troisième rang, qui riaient comme des gamines. Elles lui tapaient sérieusement sur les nerfs ces deux-là ! Pour un rien, il les aurait convoquées dans son bureau. Elles avaient bien une trentaine d'années en plus. Elles n'avaient décidément pas honte de se comporter ainsi !

La principale se tut et se tourna vers lui. Un grand silence se fit et il prit la parole. Il sentit tous les yeux converger vers lui, curieux, avides. Il croisa le regard du professeur qui était venu se présenter à lui un peu plus tôt, Virginie Garcia, et qui lui adressa un petit sourire encourageant.

— Bonjour à tous, commença-t-il, sa voix grave remplissant l'espace. Je suis Monsieur Thomassin et je vais exercer la fonction de principal adjoint aux côtés de ma collègue, Madame Lépine.

À la fin de sa prise de parole, il ne put que constater, non sans satisfaction, que tous l'avaient écouté religieusement. Il se leva alors pour distribuer lui-même les emplois du temps, tâche qui était en général dévolue à la secrétaire, mais qui lui permettrait de mémoriser les noms des professeurs plus rapidement. Debout au milieu de l'arène, il les appela chacun leur tour, par ordre alphabétique, et ceux-ci vinrent récupérer leur bien.

— Madame Delaporte, dit-il une première fois.

Comme personne ne se manifestait, il répéta son nom. Il vit plusieurs personnes se retourner et interpeller une jeune femme, qui se leva en rosissant, et se présenta à lui, un petit sourire contrit aux lèvres. Il reconnut en elle l'une des deux pipelettes du troisième rang. Plutôt mignonne, se dit-il de façon fort peu cohérente. Il lui tendit sa pochette, lui adressant un regard sévère. Visiblement amusée, elle le remercia. Il la suivit des yeux alors qu'elle rejoignait son amie et se dit que celle-ci allait lui donner du fil à retordre.

Quand il arriva au nom de Garcia, il passa dix bonnes minutes à essayer de se débarrasser de son assaillante, qui, visiblement atteinte d'incontinence verbale, semblait disposée à lui décrire par le menu la moindre anecdote qui lui était arrivée au cours de sa carrière. A en croire les rides qui sillonnaient ses yeux clairs, cela risquait de prendre un certain temps. Il ne dut son salut qu'à Stéphanie Julien, qui piétinait derrière sa collègue, visiblement impatiente de découvrir son emploi du temps.

— Je suis désolée de vous interrompre, Monsieur Thomassin, mais je crois que vous m'avez oubliée.

Il remarqua au passage le regard noir que coula Madame Garcia à la nouvelle arrivante et réalisa que l'ambiance en salle des professeurs devait être plutôt électrique.

—C'est de ma faute, dit-elle en riant, j'ai du mal à m'arrêter quand je suis lancée.

Madame Julien, une grande jeune femme aux yeux noisette, adressa une grimace à sa collègue en guise de sourire et se tourna vers lui, les yeux remplis d'espoir.

— Voilà pour vous, dit-il en lui tendant sa pochette.

— Merci.

Elle s'éloigna d'un pas dansant et il continua sa distribution, évitant de croiser le regard de Mme Garcia de peur qu'elle ne reprenne son monologue.

Quand il eut enfin terminé, il alla s'installer dans son bureau pour travailler. Du moins, c'était ce qu'il espérait. À peine s'était-il installé qu'un homme d'une trentaine d'années vint frapper à la porte.

— Oui ? fit-il, quelque peu agacé. Je vous en prie, entrez. Prenez place.

Commença alors un véritable défilé. Lui qui pensait avoir effectué un travail plus qu'honnête quant à la confection des emplois du temps en fut pour ses frais. Il eut le droit à une série de doléances qui lui parut interminable. Il semblait qu'aucun des documents sur lesquels il avait travaillé un temps infini ne trouvait grâce aux yeux des enseignants ingrats qui constituaient le gros de son équipe pédagogique. Quand elle vint frapper à son tour à la porte, il était passablement énervé.

— Asseyez-vous, lâcha-t-il d'un ton fort peu aimable. J'imagine que vous détestez votre emploi du temps et que vous voulez que je vous le change complètement. Je vous le dis en toute franchise. C'est impossible.

Elle s'apprêtait à prendre place en face de lui et arrêta son geste.

— Si vous préférez, je peux repasser plus tard, répondit-elle un brin sèchement, ou vous envoyer un mail.

Il se sentit un peu idiot, mais n'en laissa rien paraître.

— Maintenant que vous êtes là, allez-y, je vous écoute.

Il vit ses mâchoires se contracter, elle resta silencieuse un moment, comme si elle cherchait à garder son calme, puis exposa sa demande concernant deux heures de cours consécutives.

— Si je vous retire une heure à cet endroit, il faut que je la mette ailleurs, lui expliqua-t-il, comme si elle était demeurée.

D'ailleurs, cet aspect de leur conversation n'échappa pas à la jeune femme qui lui lança un regard assassin.

— J'en suis consciente, répondit-elle froidement. C'est mieux pour les élèves.

— Je ne vois pas en quoi c'est un problème qu'ils aient deux heures de français à la suite.

— Moi non plus, mais comme j'enseigne l'anglais, c'est plus gênant.

— En effet, fut tout ce qu'il trouva à répondre.

Quel con ! Lui qui avait pourtant passé plusieurs heures le soir précédent à associer le nom des professeurs à la matière qu'ils enseignaient.

— Ce sera fait. Votre nouvel emploi du temps sera effectif dans quinze jours.

— Je vous en remercie, dit-elle en sortant.

— Salut, ma belle ! entendit-il avant qu'elle ne referme la porte.

Il reconnut immédiatement la voix de sa secrétaire. Elle avait l'air d'être plutôt appréciée cette Madame Delaporte, professeur d'anglais de son état. Il s'en voulut d'avoir été aussi intransigeant avec elle. Simplement, il ne connaissait personne dans cet établissement et comptait dès à présent asseoir son autorité.

Les semaines passaient et il s'habituait lentement à sa nouvelle fonction. Il aimait se promener dans les couloirs désertés, tandis qu'élèves et professeurs étaient en cours. Pendant ces moments de grâce, le collège était comme sous l'emprise d'un sortilège, le calme avant la tempête. Laurent soupira. Jamais il n'aurait imaginé que ce serait si difficile de diriger un établissement de cette taille. Lui qui avait été chef d'entreprise ! Il aurait ri aux éclats quelques années auparavant si on lui avait dit qu'il aurait du mal à se faire respecter par trois profs mal embouchés. À sa décharge, il n'était pas vraiment aidé par sa supérieure qui semblait incapable de prendre une décision ou de trancher lors d'un conflit. La seule chose qui comptait visiblement pour elle était de traverser les années qui lui restaient avant la retraite en faisant le moins de vagues possible. Le problème, c'était qu'à vouloir ménager le chou et la chèvre, rien ne se faisait et que c'était finalement toujours à lui qu'incombaient les décisions difficiles et impopulaires. Non qu'il fût inquiet de ne pas recevoir le prix de camaraderie de l'année. Jamais l'approbation d'autrui ne lui avait réellement importé, seulement il avait simplement du mal à accepter qu'elle freine des quatre fers chaque fois qu'il lui proposait une idée un tant soit peu novatrice.

Des éclats de rire interrompirent le cours de ses pensées et il se dirigea vers l'origine du bruit, une salle de langues vivantes, la quatorze. Un coup d'œil par la petite fenêtre qui surmontait la porte vint confirmer ses doutes : c'était bien la classe d'Émilie Delaporte. Deux garçons étaient au tableau et faisaient une démonstration visiblement passionnante pour leurs camarades qui, de temps à autre, lançaient un petit cri d'encouragement. Quand ils arrivèrent au terme de leur exposé, ils esquissèrent un pas de danse qui provoqua un tonnerre d'applaudissements et de commentaires. Leur professeur n'eut pas l'air contrariée et n'essaya pas d'arrêter la clameur qui s'élevait dans sa salle de classe. Au contraire, elle tourna sur elle-même en se déhanchant, portant le tumulte à un niveau intolérable.

Elle est complètement folle, fut sa première pensée. *Mais tellement sexy.* Ce n'était pas tant ses vêtements, mais plutôt la manière dont elle se mouvait. Il devinait en elle une sensualité débridée, camouflée derrière une apparence de jeune femme sage et bien élevée. Il la regarda secouer la tête, lançant ses longs cheveux blonds à droite et à gauche, pour le plus grand bonheur de ses élèves.

— Ouah Miss, vous dansez trop bien ! lui lança une gamine brune au visage de poupée qui la fixait avec adoration.

Elle lui adressa un sourire à accélérer la fonte de la banquise, puis, alors qu'elle remerciait les deux garçons pour leur exposé si vivant, ses yeux bleus accrochèrent ceux de Laurent. Aussitôt, ses traits se durcirent et elle lui tourna le dos. En voilà une qui ne le portait pas dans son cœur...

Émilie

Qu'est-ce qu'il fait là celui-là ? Il se cache dans les couloirs maintenant ? De mieux en mieux !

Elle se demanda depuis combien de temps il l'observait ainsi, tapi derrière la porte de sa salle de classe. S'il avait assisté à sa petite danse de la victoire, elle ne donnait pas cher de sa note administrative. Il allait croire qu'elle se faisait bordéliser. Elle inscrivit les devoirs au tableau puis alla s'appuyer contre la fenêtre. Il allait également croire que cette classe était un repaire de rebelles alors qu'elle ne se souvenait pas avoir eu des troisièmes aussi sympathiques. De vraies crèmes. Elle haussa les épaules. Il pouvait bien penser ce qu'il voulait, cela ne lui enlevait rien. Peut-être pouvait-il trouver à redire de ses méthodes pédagogiques, il n'en demeurait pas moins qu'elles fonctionnaient, au moins en grande partie.

— Yes, dit-elle en direction de Léa, qui essayait d'attirer son attention, la main levée.

— Can I speak French ?

— Of course.

Émilie eut juste le temps de répondre à sa question avant que la sonnerie ne retentisse. Rien ne l'amusait autant que voir passer une classe entière d'un calme précaire à un état d'exubérance en l'espace de quelques secondes. Même les élèves les plus timorés n'échappaient pas à la règle. Elle était toujours surprise de constater que, si certains adolescents peinaient à prononcer une parole pendant son cours, ils pouvaient en quelques secondes se transformer en créatures vociférantes.

Elle les regarda s'échapper, répondant à leurs salutations en anglais, un grand sourire aux lèvres. Elle discuta quelques instants avec des élèves qui avaient une question sur l'exposé qu'ils devaient faire pour le prochain cours et alla rejoindre ses collègues en salle des professeurs. Elle soupira, soulagée. Nulle trace de Monsieur Thomassin dans le couloir. Elle avait craint un moment qu'il ne l'attende pour l'entretenir de ce qu'il venait de voir, mais il avait certainement autre chose à faire. Cet homme avait vraiment le don de la mettre mal à l'aise ! Ses collègues avaient beau dire, elle ne le trouvait pas du tout charmant. Au contraire, il lui semblait plutôt effrayant.

Elle n'était pas mécontente d'être en pause et de pouvoir raconter ses mésaventures à Steph. Pour son plus grand bonheur, Virginie la rejoignit sur le chemin de la salle des profs :

— Tu n'as pas vu Monsieur Thomassin ? lui demanda sa collègue, la mine réjouie.

— Tu as essayé son bureau ?

— Oui, mais Muguette m'a dit qu'il devait être dans les couloirs. Ça fait du bien d'avoir quelqu'un comme ça aux commandes !

Émilie préféra ne pas répondre. Elle savait pertinemment que tout mot proféré devant Virginie finissait directement dans le bureau des chefs.

— Tu ne trouves pas ? insista-t-elle.

Elle n'y tint plus.

— Oui, même si cela lui ferait grand bien de se détendre. Il est un brin psychorigide quand même !

En voyant le regard de Virginie s'allumer, elle comprit qu'elle était foutue. Pourquoi avait-il fallu qu'elle ouvre la bouche ? Elle se collerait des baffes parfois ! En même temps, après la scène à laquelle il venait d'assister, il n'aurait plus qu'à ajouter « langue de pute » à l'étiquette d'incompétente qu'il lui avait très certainement déjà collée.

— Moi, je ne trouve pas, répliqua-t-elle, agacée. Il ne faut pas confondre autorité et autoritarisme !

Et voilà qu'elle était partie pour lui donner un cours de sémantique à présent ! Un jour, elle effacerait de son visage ce petit air d'autosatisfaction détestable ! Ce fut dans cet état d'esprit qu'elle arriva devant la machine à café. Quand elle découvrit qu'il ne restait plus de cappuccino, elle alla s'effondrer, désemparée, dans un fauteuil, aux côtés de Steph.

— Ça va toi ? Tu en fais une tête !

Elle raconta brièvement les événements de la matinée à son amie qui se mit à rire en l'imaginant en train d'agiter le popotin devant le nez de leur principal-adjoint.

— Tu trouves ça drôle ?

— Je suis désolée Em, mais oui, j'avoue que ça m'amuse. Je vois bien sa tête, à l'autre avec son balai dans le cul ! Il a dû se demander où il était arrivé.

Devant son air désemparé, elle lui tapota le genou en guise de réconfort :

— Ce n'est pas si grave, il a dû se dire que tu étais une originale, c'est tout.

Face au manque de conviction de son amie, elle ajouta pour la faire rire :

— De toute façon, qu'est-ce qu'il peut faire ? Te convoquer dans son bureau et te donner la fessée ? Pour ma part, c'est quand il veut !

Seule l'image mentale de son amie, son mètre quatre-vingt allongé sur les genoux de leur nouveau chef, le pantalon en bas des chevilles et un sourire ravi aux lèvres, parvint à la faire rire.

— Ne te prends pas la tête, darling, lui dit Steph.

— Tu as raison, je gamberge trop.

Au cours du repas du midi, lorsque Monsieur. Thomassin lui déclara de sa voix de stentor qu'elle devait venir le voir avant de quitter le collège, elle blêmit. Elle passa la journée à se demander ce qu'il lui voulait, n'hésitant pas à faire part de ses craintes à ses collègues, harassés. Si, au début, tout le monde joua le jeu et essaya de la rassurer, au bout d'un moment, ils l'envoyèrent promener. Quand arriva l'heure fatidique, elle était liquéfiée, mais bien décidée à n'en rien montrer.

— Monsieur Thomassin est là ? demanda-t-elle à Muguette, la mort dans l'âme.

— Il est en rendez-vous avec une famille, ma belle, mais tu peux peut-être l'attendre. Il voulait vraiment te voir.

— Très bien, je reste, fit-elle en se laissant tomber dans le fauteuil de bureau de Mathieu, le jeune homme qui gérait l'informatique. Tu ne saurais pas ce qu'il me veut par hasard ?

— Non, ma belle, je suis désolée, il ne m'a rien dit.

Après dix minutes, elle commença à s'agiter et à regarder sa montre.

— Je pourrais peut-être voir Madame Lépine, elle est peut-être au courant.

— Elle est déjà partie.

— Ah.

Quelques minutes plus tard, la porte qui communiquait entre le bureau du chef et celui de la secrétaire s'ouvrit à la volée :

— Madame Delaporte, s'écria-t-il en lui faisant signe de le rejoindre dans son bureau.

Elle bondit de son siège, manqua de se prendre les pieds dans son cartable et parvint de justesse à éviter une chute fort peu gracieuse, qui n'aurait probablement pas amélioré son image auprès de ce cher Monsieur Thomassin.

— Je vous en prie, fit-il en s'effaçant pour la laisser passer.

On se serait cru chez le dentiste. Elle en était presque à regretter que ce ne fût pas le cas lorsqu'il l'invita à s'asseoir.

— Vous vouliez me me parler ? finit-elle par lui demander en le voyant compulser un gros dossier qui se trouvait devant lui.

Il semblait l'avoir complètement oubliée et eut même l'air presque surpris de sa présence.

— Excusez-moi, il fallait que je termine de traiter ce dossier.

— Pas de problème.

— Je vous ai demandé de venir par rapport au voyage en Angleterre, lui dit-il d'un ton brusque.

Elle en resta bouche bée. Elle qui s'était fait tout un monde de cet entretien !

— Ce n'est pas moi qui m'en occupe, c'est ma collègue, Madame Postel.

— D'accord, j'ai dû mal comprendre, je pensais que c'était vous. Peu importe. Peut-être pourriez-vous m'éclairer sur certains points ?

Non, je ne peux pas, Monsieur Thomassin, j'ai aqua-poney !

Elle se força à rester calmement assise et hocha la tête.

— Pourriez-vous me donner les dates du séjour, le nombre d'élèves que vous emmenez, ainsi que la date de la réunion que vous avez prévue et, si vous le savez déjà, les noms des accompagnants ?

Et toi, Dugenou, tu peux peut-être lire le contrat que t'a fait signer l'intendante et où toutes ces infos sont renseignées !

À la place, elle se contenta de répondre posément à ses questions en s'efforçant de garder un visage impassible.

— Je vous remercie de votre temps, Madame Delaporte.

— Je vous en prie. Je vous laisse travailler.

Elle se leva et lui tendit la main, plantant son regard franc dans ses yeux sombres. A son tour, il déplia sa longue silhouette et lui sourit. Elle dut bien avouer que ses collègues n'avaient quand même pas tout à fait tort quand elles lui répétaient qu'il était bourré de charme. Dommage qu'il s'en serve si peu, se dit-elle perfidement, lui offrant son sourire le plus hypocrite.

Chapitre 2

Émilie

Elle ne décolérait pas. Grâce à ces deux crétins, Émilie se retrouvait de nouveau dans le bureau du principal-adjoint. Elle foudroya du regard les deux garçons, qui baissèrent la tête pitoyablement.

— Madame, on va être exclu ? osa demander Mathurin, le plus audacieux des deux.

— Je l'espère bien, répondit-elle froidement.

Elle regretta aussitôt ces paroles en les voyant échanger un regard consterné.

— Au moins pour quelques jours, ajouta-t-elle d'une voix plus douce. C'est grave ce que vous avez fait et surtout, c'était complètement débile. Je ne m'attendais pas à cela de votre part. Je dois bien avouer que vous m'avez déçue sur ce coup-là.

Certes, ils n'avaient pas commis un meurtre, mais cacher le cartable de leur professeur de musique n'était pas leur action la plus brillante, d'autant que son collègue s'était mis dans une colère épouvantable, ameutant d'une voix vibrante d'indignation tous les occupants des salles voisines :

— C'est encore ce con de Bagnolet ! avait-il tonné.

Victor Bagnolet, qui enseignait les mathématiques, ne manquait jamais de s'illustrer en leur jouant des tours pendables, sa victime préférée étant leur collègue de musique. Pour le plus grand bonheur des 3eB, qui avaient bien du mal à en croire leurs yeux ébahis, ce dernier s'était rué dans le couloir et avait ouvert la porte de Victor à la volée, s'exclamant :

— Ça t'amuse Bagnolet ! Espèce de petite merde !

Les élèves qui l'avaient suivi l'avaient vu se jeter sur ce pauvre Monsieur Bagnolet qui le fixait avec des yeux ronds. Deux filles de la classe avaient eu l'idée brillante d'aller chercher les assistants d'éducation, criant à Émilie, qu'elles avaient croisée sur leur route :

— Il y a une bagarre, Madame !

Elle qui n'avait pas de classe à cette heure s'était précipitée au fond du couloir, s'attendant à devoir séparer deux élèves de troisième en furie et certainement pas deux de ses collègues. Elle s'était frayé un chemin à travers la foule compacte à présent formée devant la salle de classe. Sidérée par ce qu'elle voyait, elle s'était arrêtée sur le seuil. Un garçon de troisième avait posé la main sur son bras :

— N'y allez pas, Madame, vous allez prendre des coups.

Un regard à l'insolent, qui avait immédiatement retiré sa main, et elle s'était lancée dans la bataille.

— Ça ne va pas la tête ! s'était-elle écriée en arrivant à la hauteur de ses collègues. Vous vous rappelez où vous êtes ?

Apparemment non. Ils n'avaient même pas eu l'air de se rendre compte de sa présence tant ils étaient occupés à se bousculer, chacun leur tour. Un regard en arrière lui avait fait réaliser que la classe de sixième qui avait cours avec Victor était encore là, pétrifiée. Certains élèves pleuraient. Sa décision avait été vite prise. À l'aide des collègues restés à l'extérieur, elle avait libéré le couloir et avait pu laisser sortir les vingt-cinq jeunes prisonniers. Un bref instant, elle avait hésité à refermer la porte et à laisser ces deux idiots de collègues en découdre, mais Guillaume, l'un des assistants d'éducation, un solide gaillard, grand et bien bâti, était arrivé sur ces entrefaites, talonné par Monsieur le principal-adjoint en personne. Celui-ci s'était arrêté près d'elle et l'avait dardée de son regard bleu, lui faisant oublier pourquoi elle était là.

— Madame Delaporte, pourriez-vous prendre en charge vos troisièmes ?

Était-ce une note de supplication qu'elle avait entendu dans sa voix ? Elle avait hoché la tête, troublée, et s'était éloignée à contrecœur. Elle aurait bien voulu connaître le fin mot de l'histoire, mais, obéissante, elle avait battu le rappel des troupes et avait fait entrer ses élèves surexcités dans sa salle de classe. Elle avait jeté un regard désolé aux copies qu'elle corrigeait avant l'incident et leur avait ordonné de s'asseoir. Elle avait dû ramasser plusieurs carnets de correspondance avant d'obtenir le silence.

— Que s'est-il passé ? avait-elle demandé.

Plusieurs gamins s'étaient mis à parler en même temps et elle avait été de nouveau contrainte d'élever la voix :

— Chacun son tour, leur avait-elle rappelé fermement. Nous ne sommes pas au marché ici. Tout le monde a le droit à la parole, mais on se respecte et on s'écoute.

Les trois quarts de l'effectif s'étaient mis à lever la main, dans une bien étrange pantomime, s'étirant le plus possible afin d'être mieux vus. Craignant des muscles froissés, Émilie avait donné la parole à Ilham, la déléguée de classe.

— C'est Varins...

— Ilham, l'avait prévenue Émilie en fronçant les sourcils.

— Pardon. C'est MONSIEUR Varins, il a perdu son cartable et il a cru que c'était Monsieur Bagnolet qui lui a fait une blague.

— Comment ça, il a perdu son cartable ?

Elle avait surpris des échanges de regard entre les élèves et, n'obtenant pas de réponse, avait calmement demandé :

— Qui a eu l'idée brillante de lui cacher son cartable ?

Une chape de plomb s'était abattue sur la classe. C'était fou, le meilleur moyen d'avoir le silence avec des adolescents était encore de leur poser une question ! Émilie s'était hissée sur son bureau, avait croisé les bras et attendu.

— Je suis flattée de constater à quel point vous avez envie de passer la récréation avec moi.

Du coin de l'œil, elle avait vu Ilham se tourner vers Mathurin et lui jeter un regard noir.

— Le mieux, ce serait encore de vous dénoncer plutôt que de laisser punir vos camarades, mais ça, ce n'est que mon humble avis.

Elle connaissait bien sa classe et savait pertinemment qu'aucun élève n'irait « balancer » l'autre, comme ils le disaient si bien eux-mêmes. Elle était également consciente que les deux garçons qu'elle soupçonnait avaient bon fond et ne tarderaient pas à se dénoncer. Ce qu'ils avaient fini par faire au bout de dix minutes d'une attente insoutenable (pour eux). Bilal, le garçon qui avait essayé de la dissuader d'entrer dans l'arène un peu plus tôt, avait levé la main, non sans avoir reçu au préalable l'assentiment de son compère, Mathurin.

— Oui, Bilal ?

— C'est moi et Mathurin, lâcha-t-il à regret.

Elle l'aurait parié. C'était encore un coup de Tic et Tac ! C'était ainsi que Guillaume et elle surnommaient les deux amis toujours à l'affût d'une ânerie à faire.

— Mathurin et moi.

— Oui, c'est nous. On a caché le cartable à Monsieur Varins. On a pensé que ce serait marrant.

Plusieurs filles avaient levé les yeux au ciel, visiblement excédées du manque de maturité de leurs camarades et Émilie n'était pas loin de ressentir la même chose.

— C'est hilarant, en effet, avait-elle ajouté. Où est ce maudit cartable ?

— En salle des profs, avait avoué Mathurin, tout penaud.

— Très bien. À la récréation, vous allez venir avec moi le récupérer les garçons et ensuite, on ira voir Monsieur Thomassin pour lui expliquer ce qu'il s'est passé.

Mathurin avait ouvert la bouche pour protester, mais Émilie l'avait arrêté d'un geste de la main.

— Non, Mathurin, je ne veux rien entendre. Il n'y a plus rien à dire sur cette affaire. Vous avez fait une bêtise, les gars, et maintenant il faut assumer.

Ainsi se retrouvait-elle devant la porte de son chef préféré, avec deux élèves terrorisés, le cartable de son collègue serré contre ses jambes.

Laurent

Il n'en pouvait plus. Jamais il n'aurait cru possible de devoir gérer une altercation de ce type. Une bagarre entre élèves, no problem, mais entre deux profs ! De plus, les deux hommes se rejetaient la faute, l'un parlant de harcèlement et l'autre du manque d'humour maladif de son collègue. Ils étaient à deux doigts du « C'est lui qui a commencé ! ». Au terme d'une discussion interminable, il avait réussi, d'une part, à convaincre Monsieur Bagnolet de ne pas porter plainte contre son collègue et, d'autre part, à faire promettre aux deux hommes de s'éviter au maximum. Il espérait prendre une pause devant un café lorsque la tête de Muguette apparut à la porte de son bureau et qu'elle lui annonça, sur un ton mystérieux :

— Émilie Delaporte est là pour vous. Elle a les deux coupables.

Émilie Delaporte. Laurent se passa la main sur le visage.

— Je la fais entrer, Monsieur Thomassin ?

— Oui, bien sûr.

Il n'était pas surpris qu'elle les ait fait avouer. Lui-même aurait avoué s'il s'était retrouvé face à cette femme à quatorze ans. Et même maintenant... La porte s'ouvrit et elle entra, les deux jeunes délinquants sur les talons. Elle s'arrêta pour les laisser passer et ils franchirent le seuil de son bureau, tête basse.

— Merci de nous recevoir, Monsieur Thomassin. Bilal et Mathurin ont quelque chose à vous dire, je crois.

— Asseyez-vous, leur dit-il, en faisant le tour du bureau. Il extirpa une chaise de sous la table de réunion et la plaça devant la jeune femme, qui le remercia d'un sourire. Il ne put s'empêcher de remarquer que la petite robe en lainage bleu turquoise qu'elle portait moulait admirablement ses courbes.

Remets-toi, mon vieux, se gourmanda-t-il. Tu es pire qu'un ado !

Il s'installa dans son fauteuil et regarda la jeune femme croiser les jambes, puis se força à reporter son attention sur les deux malfaiteurs du jour.

— Bilal, Mathurin, on vous écoute, commença-t-il d'une voix sévère.

Les deux garçons se tournèrent vers elle, apeurés, et elle les encouragea d'un signe de tête.

— C'était mon idée, avoua Mathurin d'une voix tremblante. J'en ai parlé à Bilal et...

— C'est moi qui a pris le sac du prof.

— Qui ai pris ! s'exclamèrent Émilie et Laurent en même temps.

Il lui sembla voir un petit sourire naître sur les lèvres de la jeune femme.

— Oui, fit le garçon, visiblement perdu. Monsieur Varins était là, dans la cour, à parler avec Madame ...

Il hésita.

— Euh... Madame la principale et ils sont partis chacun d'un côté. J'ai cru qu'il allait le voir, mais il l'a pas vu alors je l'ai pris et je suis monté par l'autre escalier. Il y avait personne alors j'ai été le mettre dans la salle des profs. Je pensais pas que ça allait faire ça.

Il leva sur Laurent un regard désolé.

— Moi non plus, ajouta Mathurin. Je m'excuse.

— Je vous présente mes excuses, le reprit Madame Delaporte, Émilie, comme Laurent était venu à l'appeler en son for intérieur.

— Je vous présente mes excuses, répéta Mathurin, bientôt imité par Bilal.

— Déjà, je tenais à vous dire que j'appréciais votre franchise à tous les deux ainsi que le fait que vous vous soyez dénoncés. Tout le monde n'a pas le courage de le faire.

Un regard à Émilie lui montra qu'ils étaient en accord sur ce point. En effet, la jeune femme hochait la tête, lui souriant avec bienveillance.

— Toutefois, ce que vous avez fait reste grave et vous devez être sanctionnés. Est-ce que vous comprenez ?

Les deux garçons acquiescèrent.

— Je n'ai rien entendu, leur dit-il sans agressivité, mais avec fermeté.

— Oui, Monsieur, lui répondirent-ils en chœur.

— Je vais donc appeler vos parents et leur demander de venir vous chercher. Vous écoperez également de trois jours d'exclusion interne, c'est-à-dire que vous viendrez travailler dans mon bureau pendant trois jours. Pour l'instant, vous allez vous rendre en permanence en attendant que vos familles arrivent.

Les deux compères étaient au bord des larmes depuis qu'il avait mentionné l'appel à leurs parents. Des rebelles à la mie de pain, se dit-il, réprimant son envie de rire.

— Qu'en dites-vous, Madame Delaporte ? La sanction vous semble-t-elle appropriée ?

Elle parut surprise, mais ravie qu'il lui demande ainsi son avis.

— Tout à fait, Monsieur Thomassin. Merci de nous avoir reçus.

Elle se leva, incitant d'un geste les deux garçons éplorés à faire de même. *Une main de fer dans un gant de velours.* Cette femme était décidément intrigante ! Elle s'apprêtait à refermer la porte quand il la rejoignit en quelques pas et lui glissa :

— Sacré travail de détective, Madame Delaporte !

Elle lui adressa alors un adorable sourire qui le laissa sans force et s'éloigna, le claquement de ses talons hauts résonnant dans le couloir. Il avait encore une longue matinée devant lui, mais il était ravi comme un gamin de voir qu'elle l'avait approuvé.

Chapitre 3

Laurent

Les semaines passaient et ne se ressemblaient pas, grâce à l'imagination fertile des jeunes dont il avait la responsabilité. Entre le travail administratif, la gestion des crises qui ne manquaient pas de survenir régulièrement et les relations avec les professeurs ou les parents, il n'avait pas une seconde pour s'ennuyer dans son nouveau rôle. Il avait beaucoup douté, en particulier en début d'année, mais il se sentait plus aguerri à présent, plus en phase avec le métier.

— Je monte, Monsieur Thomassin.

— Où allez-vous, Muguette ? lui demanda-t-il, curieux de savoir quelle était la nouvelle excentricité de sa secrétaire.

Si celle-ci était d'une efficacité redoutable, elle était également la personne dont le grain de folie était le plus marqué dans l'établissement, ce qui n'était pas peu dire vu certains membres du corps enseignant. Au moins la sienne était-elle douce plutôt que furieuse !

— C'est l'anniversaire de la petite.

— Quelle petite ?

— Émilie, répondit-elle comme si c'était l'évidence même. Elle vient d'avoir trente ans, la chouchoute.

Laurent avait encore du mal à s'adapter à cette manie qu'avait Muguette de parler des professeurs avec autant de familiarité.

— Elle a demandé l'autorisation à Madame Lépine la semaine dernière, pour organiser un petit apéro en salle des profs et elle nous y a tous invités.

— Ah oui, je n'étais pas au courant, dit-il, un brin vexé.

— Madame Lépine a dû oublier de vous le dire, mais il faut que vous veniez.

— Vous êtes sûre ?

— Bien sûr que oui ! C'est un véritable amour cette Émilie ! Si vous l'aviez vue quand elle est arrivée, elle avait à peine vingt-cinq ans, elle était toute timide. Elle a bien changé depuis. Les gamins l'adorent !

— En effet, j'ai pu le constater.

— Il faut dire qu'elle est super avec eux, avec tout le monde d'ailleurs !

Il suivit Muguette en salle des professeurs, l'écoutant avec attention chanter les louanges d'une jeune femme envers laquelle il était plus que favorablement disposé, il fallait bien l'avouer. Il n'était pas revenu en ce lieu depuis sa visite de l'établissement, fin août, et ne l'avait jamais vu investi par les professeurs. Un joyeux désordre y régnait, les rires fusaient et tous venaient embrasser la star de la journée. Il remarqua immédiatement que les tables basses étaient encombrées de gâteaux, bonbons et boissons en tout genre. Elle avait fait les choses bien. Il attendait son tour pour la féliciter lorsqu'il se fit griller la politesse par Guillaume qui, un bouquet de fleurs à la main, passa allégrement devant tout le monde. En voyant les roses rouges, Émilie rougit comme une pivoine.

— Merci, Guillaume, c'est adorable, lui dit-elle, gênée.

Elle lui tendit la joue, mais le jeune homme ne l'entendait pas de cette oreille et l'attira contre sa poitrine, la serrant dans ses bras. Visiblement, ils n'étaient pas que des collègues. Cette constatation agaça prodigieusement Laurent et, quand il se trouva devant la jeune femme, il profita d'un moment où tout le monde riait pour lui glisser :

— Vous les prenez au berceau.

Réflexion complètement déplacée qu'il regretta par la suite, se répétant qu'elle n'était que l'un de ses professeurs et que, de toute façon, leur écart d'âge était bien plus important que celui qui existait entre Guillaume et elle.

Émilie

Elle n'en croyait pas ses oreilles ! Il n'avait pas pu lui dire cela, elle avait mal entendu. C'était complètement déplacé et surtout affreusement vexant. Certes, Guillaume avait vingt-deux ans, mais à trente ans, elle n'était en rien repoussante ! Pour qui se prenait-il, ce sale type ? Quand elle rapporta ses paroles à Steph, celle-ci en resta pantoise, ce qui ne lui arrivait pas très souvent.

— Non, il ne t'a pas dit ça !

— Si, je t'assure ! Sur le coup, j'ai cru avoir mal entendu mais c'est pourtant bien ce qu'il m'a dit.

— Ça ne lui ressemble pas, ce n'est pas du tout professionnel !

— Je le sais bien ! Je n'ai pas du tout compris.

Steph resta un moment silencieuse, à mordiller le morceau de plastique qu'elle avait utilisé pour mélanger son café, méditant les paroles que venait de lui rapporter son amie.

— Il y a peut-être une explication, ajouta Steph d'un air mystérieux.

— Je suis tout ouïe.

Ménageant son effet, Steph quitta son point de vue sur la cour de récréation et prit place, la mine grave, auprès de son amie.

— Je pense qu'il a un truc pour toi.

— C'est à dire ?

— Tu lui plais.

Émilie ricana :

— Eh bien, il a une drôle de façon de le montrer !

— Ça ne doit pas être si simple que ça à gérer. C'est ton supérieur hiérarchique après tout.

— Moi, je pencherais plutôt pour une autre théorie.

— Laquelle ? s'enquit Steph, la mine gourmande.

— Il est complètement con !

Elles éclatèrent de rire, ravies de ce moment partagé.

— Tu en es où avec Guillaume ?

Guillaume, un corps à se damner habité par l'esprit d'un môme de quinze ans ! Elle soupira.

— Nulle part. On est amis, c'est tout.

— Et lui est au courant ? Il n'a pas trop l'air de te considérer comme une simple « amie ».

— Tu racontes n'importe quoi !

— Et les roses rouges pour ton anniversaire ? Tu sais ce que ça signifie d'offrir des roses rouges, non ?

Émilie pouffa :

— Moi, oui, mais ça m'étonnerait que Guillaume soit au courant ! Ce n'est qu'un gamin ! Il a pris ce qu'il a trouvé, c'est tout !

— Tu sais combien ça coûte un bouquet de roses, Em ?

Émilie rougit, mal à l'aise. Se pouvait-il que Guillaume...

— Il peut avoir toutes les filles qu'il veut, dit-elle, peu convaincue.

— C'est sûr, il est beau mec. Il a été déjà eu une relation amoureuse depuis qu'il est là ?

— Attends, il ne passe pas son temps au collège et il ne nous raconte pas tout !

— Tu ne peux pas nier que vous êtes toujours fourrés ensemble, surtout le week-end.

— Disons que l'on va aux mêmes soirées.

— Et tu l'as déjà vu avec une fille ?

Elle lui jeta un regard désabusé.

— Je veux dire une nana en particulier, pas les filles qu'ils tringlent de temps en temps.

— Non, c'est vrai, admit-elle. De là à penser que c'est parce qu'il se meurt d'amour pour moi !

Steph haussa les épaules et passa à autre chose, évoquant le cas d'un élève qu'elles avaient toutes les deux et qui les inquiétait beaucoup.

Malgré l'énergie qu'elle avait employée à les nier, les paroles de son amie tournoyèrent toute l'après-midi dans la tête d'Émilie, d'autant qu'elle n'avait pas été tout à fait honnête avec Steph. Quelques semaines auparavant, lors d'une soirée très arrosée chez Stéphane, le troisième collègue d'EPS, elle avait quelque peu outrepassé les limites du flirt avec Guillaume. Elle avait forcé sur les mojitos et, arrivé le moment de rentrer, Stéphane s'était opposé à son départ, refusant de lui rendre les clés de voiture qu'il lui avait subtilisées.

— C'est bon, je peux conduire, lui avait-elle assuré en faisant mine de marcher sur une ligne droite.

Elle avait vu dans une série des policiers américains demander à la personne qu'ils avaient arrêtée de faire cet exercice pour leur montrer qu'elle n'était pas en état d'ébriété. Visiblement, elle n'avait pas été très convaincante puisque Stéphane avait fait disparaître ses clés.

— Tu peux dormir sur le clic-clac, Caro est d'accord.

— Super, s'était-elle exclamée en se laissant tomber sur le canapé défoncé du jeune couple.

Elle était en train de compter le nombre de ressorts qu'elle sentait sous ses doigts quand il était arrivé, THE héros.

— Je peux te ramener si tu veux, je n'ai quasiment rien bu, lui avait-il proposé d'un ton enjoué.

— Ça ne t'embête pas ?

— Pas du tout, lui avait-il assuré en lui adressant un sourire enjôleur.

Tout avait été pour le mieux. Il l'avait reconduite jusqu'à son immeuble, en parfait gentleman, riant de ses tentatives de conversations particulièrement décousues. Il était même descendu lui ouvrir la portière de la voiture et elle avait pensé que c'était désuet, mais mignon. Tellement mignon qu'elle lui avait sauté au cou pour le remercier de sa gentillesse. C'était alors qu'elle avait remarqué ces adorables taches de rousseur qui couraient sur son nez et ses pommettes. Elle avait trouvé cela diablement sexy. Une chose en avait entraîné une autre et ils s'étaient retrouvés à s'embrasser passionnément dans l'ascenseur. L'instant d'après, ils étaient dans le couloir de son appartement et elle lui ôtait sa chemise, bouton par bouton, caressant sa peau brûlante du bout des lèvres. Elle l'avait ensuite pris par la main et l'avait entraîné dans sa chambre. Elle avait achevé de le déshabiller et l'avait allongé sur sa couche, où elle l'avait chevauché jusqu'à épuisement.

Au petit matin, au terme d'une nuit de luxure, elle s'était sentie comme la dernière des pouffes. Elle s'était installée dans le fauteuil qui trônait près de son lit, se réchauffant les mains autour d'une tasse de café. Elle avait profité de son sommeil pour l'observer, détaillant ses traits juvéniles, ses cheveux bouclés qui cascadaient sur ses épaules carrées, les rares poils blonds vénitien qui couraient sur son torse musclé. Un physique de géant avec le visage d'un ange. Quand il s'était enfin réveillé, vers midi, elle lui avait proposé un brunch et ils avaient mangé en tête à tête sur sa table de cuisine. Elle avait espéré qu'il initie la conversation, en vain.

— C'était vraiment une nuit géniale, Guillaume, avait-elle commencé, se sentant aussi délicate qu'un éléphant dans un magasin de porcelaine.

— Mais ça restera juste une nuit, avait-il ajouté, d'une voix neutre.

Elle avait acquiescé, puis la tête penchée sur le côté, avait observé sa réaction.

— Ça me va, lui avait-il répondu, en lui saisissant la main et en la baisant, un sourire énigmatique aux lèvres.

À sa grande honte, elle avait été légèrement vexée qu'il n'insiste pas davantage. Qu'est-ce que cela lui aurait coûté après tout de se jeter à ses genoux ? À part son amour propre ? Il n'avait vraiment pas paru plus atteint que cela par sa décision. Il était rentré chez lui, elle avait pris le bus pour aller récupérer sa voiture et ils n'en avaient plus jamais reparlé. Elle s'était alors répété ce qu'elle avait dit à son amie : il pouvait avoir toutes les filles qu'il voulait donc, pour lui, elle n'était qu'un trophée de plus dans son tableau de chasse bien rempli.

Elle prit une décision radicale ce jour-là : elle éviterait autant que possible son chef aussi bien que Guillaume, l'un parce qu'elle le trouvait bizarre, l'autre parce qu'il lui compliquait la vie.

Laurent

Il avait fait de son mieux pour ne pas se trouver sur son chemin depuis l'épisode de son anniversaire, même si ses pensées étaient (trop) souvent tournées vers elle. Une solution s'était imposée à lui pour éviter ce désagrément : le travail. Il arrivait tôt le matin, repartait tard le soir, s'arrangeait pour ne pas se trouver près de sa salle de classe quand il allait surveiller les allées et venues dans les couloirs. Le seul moment où ils se croisaient était le matin, lorsqu'elle allait chercher ses élèves dans la cour. Elle venait alors le saluer, ôtant ses gants pour lui serrer la main. Il adorait cet instant où elle s'avançait vers lui, enveloppée dans la pénombre, frissonnante. Souvent, il n'avait pas besoin de lever les yeux pour savoir que c'était elle qui approchait, il reconnaissait son pas décidé. S'il s'écoutait, il se saisirait de ses petites mains glacées et l'entraînerait jusqu'à son bureau, ou peut-être même à l'infirmerie, où il s'emploierait à la réchauffer. Il prendrait tout son temps. Il commencerait par caresser ses joues veloutées, puis poserait ses lèvres sur celles de la jeune femme. Ensuite viendrait l'effeuillage, son manteau glisserait le long de ses bras jusqu'à aller former une flaque noire au sol, puis ses doigts iraient déboutonner l'un de ses chemisiers insolemment ouverts sur la naissance de sa gorge. Ses doigts se promèneraient alors sur sa peau satinée, la couvrirait de baisers brûlants qui la mettraient en transe. Ce serait elle qui monterait sur le bureau, la jupe retroussée sur ses bas — une femme comme elle ne pouvait que porter des bas — et qui l'attirerait entre ses cuisses offertes...

— Monsieur Thomassin.

Il sursauta en reconnaissant la voix de Muguette. En voilà une qu'il ne risquait pas d'imaginer culbuter sur son bureau. Petite et charpentée, la cinquantaine triomphante, sa secrétaire n'était pas le genre de femmes à se laisser imposer quoi que ce soit. Cela faisait des années qu'elle travaillait dans ce collège et elle en avait vu passer des principaux, des professeurs et des mômes, alors ce n'était pas un jeune arriviste comme lui qui allait la déstabiliser.

— Monsieur Thomassin, insista Muguette, j'y vais. Faites attention quand vous partirez, Madame Delaporte est dans le bureau du CPE avec un parent d'élève. Elle viendra vous prévenir une fois qu'elle aura terminé.

— Très bien, lui répondit-il. Passez une bonne soirée, Muguette.

Elle lui jeta un regard curieux, visiblement consciente qu'elle l'avait dérangé.

— Merci. À vous de même.

Il était donc seul avec la petite Madame Delaporte, sa chère Émilie.

Calme-toi, se morigéna-t-il. Elle ne serait peut-être pas ravie de savoir que son supérieur hiérarchique fantasmait sur elle.

Il fallait qu'il arrête de penser à elle en ses termes. Il travaillait avec elle, jamais il ne se passerait quoi que ce soit entre eux. Il se remit devant l'écran de son ordinateur et s'efforça d'organiser au mieux le planning du brevet blanc pour les troisièmes. Il était enfin parvenu à canaliser ses pensées de manière plus appropriée lorsque l'on toqua à la porte restée entrebâillée. Il leva la tête et elle apparut devant lui, l'air emprunté.

— Excusez-moi de vous déranger, Monsieur Thomassin, je voulais juste vous prévenir que j'allais y aller.

— Votre rendez-vous s'est bien passé ?

Elle sembla hésiter un instant, puis franchit le seuil de son bureau.

— Ça n'a pas été simple. Les parents ne sont pas d'accord pour que le gamin fasse un bac pro, le problème c'est qu'avec des résultats comme les siens, il va se planter en seconde générale. Ils m'ont affirmé qu'ils n'hésiteraient pas à faire appel si le conseil de classe s'opposait à son passage.

— Comment s'appelle le gamin ?

— Adrian Dubuc.

Il compulsa le dossier de l'élève sur son ordinateur et jeta un coup d'œil à ses résultats.

— En effet, ce n'est pas brillant. Le problème, avec des notes comme ça, c'est qu'il passera en appel.

La jeune femme eut l'air excédée.

— Peut-être, mais il n'empêche que si on fait passer ce gamin en seconde, c'est comme l'envoyer à l'abattoir ! Il va se planter et c'est notre rôle de mettre en garde les parents !

Son ton passionné le fit sourire.

— Vous prêchez un convaincu, Madame Delaporte, et je ne vous dis pas que nous n'irons pas en appel. Simplement, sachez que la famille risque d'avoir gain de cause.

Elle eut un petit rire gêné.

— Je suis désolée de m'être montrée aussi... disons passionnée. Ça m'agace tellement de voir des parents envoyer leurs gamins dans le mur.

— C'est tout à votre honneur de vous préoccuper de l'avenir de vos élèves.

Il se leva et lui tendit une main qu'elle serra, visiblement surprise.

— Merci, Monsieur Thomassin. À demain.

Elle lui tourna le dos et s'éloigna. Il ferma les yeux en écoutant le claquement de ses talons décroître dans le couloir. Il soupira lorsque la porte s'ouvrit et retomba lourdement derrière elle. Décidément, plus il discutait avec cette femme, plus elle lui plaisait. Il aimait cette passion qu'il lisait en elle quand elle parlait de ses élèves. Elle faisait partie de ces rares chanceux à être encore animés du feu sacré. S'il voulait rester dans les limites de son rôle et de la décence, il allait devoir garder ses distances. Sa résolution fut éprouvée quelques minutes plus tard, lorsqu'il entendit du bruit sur le parking. Il se leva et alla ouvrir la fenêtre. Ce qu'il vit alors ne manqua pas de le faire rire. La douce Émilie, visiblement furieuse, donnait des coups de pied dans la carrosserie de sa voiture en égrenant un chapelet de mots particulièrement choisis et pour le moins surprenants dans la bouche de cette jeune femme qui affichait en général un calme à toute épreuve. Il ouvrit la fenêtre de son bureau.

— Tout va bien, Madame Delaporte ? cria-t-il.

— On ne peut pas dire ça. Ma voiture refuse de démarrer. Je crois que la batterie est morte.

Elle s'immobilisa près de son véhicule, les bras le long du corps.

— Vous n'auriez pas des pinces ? lui demanda-t-elle subitement.

— Non, je suis désolé.

Maintenant que sa colère était retombée, elle avait l'air harassée. Elle s'approcha lentement de lui, la mine déconfite.

S'il s'était écouté, il aurait enjambé la fenêtre pour la serrer contre lui. Avec son teint de porcelaine et ses grands yeux bleus, elle avait l'air tellement fragile.

— Je vais vous ramener, lui dit-il d'un ton bienveillant.

— Non, ne vous embêtez pas, je vais prendre le bus, s'empressa-t-elle de répondre en secouant la tête vigoureusement.

— J'insiste, il est tard, les bus sont moins nombreux à cette heure. Attendez-moi là, j'arrive tout de suite.

Il n'attendit pas sa réponse, ferma la fenêtre et se mit à ranger ses affaires frénétiquement.

Il ne lui fallut que quelques minutes pour la rejoindre sur le parking désert. Seul un reste de dignité l'empêcha d'esquisser une petite danse de la victoire.

Émilie

Quelle galère ! Elle maudissait sa voiture. C'était étrange, la première personne qu'elle avait pensé à appeler pour venir la dépanner était Guillaume. Et puis Monsieur Thomassin était arrivé pour la sauver. Elle se trouvait à présent dans sa voiture. Elle avait été surprise de constater qu'il possédait une Clio, elle aurait plutôt tablé sur une grosse allemande. Comme quoi, tout le monde pouvait se tromper ! Nerveusement, elle triturait les poignées de son sac à main. Le silence qui régnait entre eux, qu'elle n'interrompait que pour lui indiquer quelle route suivre, l'angoissait profondément et elle se creusait la tête, à la recherche d'un sujet de conversation.

— Vous avez des enfants ? lui demanda-t-il soudain.

— Non, répondit-elle avec sans doute un soupçon d'empressement en trop et à sa grande honte, car elle vit ses lèvres se relever délicatement aux commissures. Et vous ?

— Oui, j'en ai deux, un garçon et une fille.

— Quel âge ont-ils ?

— Sept et neuf ans.

— Et votre femme, que fait elle dans la vie ? demanda-t-elle avec son tact légendaire.

À peine la question eut-elle passé ses lèvres qu'elle s'en voulut. Après tout, son épouse pourrait très bien être décédée ou pire encore, s'être enfuie à l'étranger avec son meilleur ami.

— Elle est chef d'entreprise. Et d'ailleurs, nous ne sommes plus mariés.

Pour une raison qu'elle ne s'expliquait pas, cette nouvelle lui procura un certain plaisir, d'autant qu'il n'avait pas l'air désespéré.

— Désolée si j'ai été indiscrète.

— Non, pas du tout. Et puis mon ex et moi, on est restés en bons termes.

— C'est mieux pour les enfants, ajouta-t-elle en experte, elle qui n'avait ni enfant ni mari.

— Et vous ?

— Et moi quoi ?

— Vous êtes mariée ? Vous vivez avec quelqu'un, peut-être ?

Son esprit perturbé par cette question si directe la ramena à la nuit qu'elle avait passée avec Guillaume.

— Rien de sérieux, lui affirma-t-elle en jetant un coup d'œil à ses deux mains brunes qui tenaient le volant fermement.

Elle s'interrogea sur ce qu'elle ressentirait si celles-ci se promenaient sur sa peau et rougit violemment. Il lui sembla que l'air se raréfiait dans l'habitacle et elle lui demanda si elle pouvait ouvrir la fenêtre. Il acquiesça, plutôt surpris. Le froid mordant de l'extérieur lui fouetta son visage et elle sentit sa température corporelle redescendre à un niveau acceptable. Depuis quand était-elle attirée par les hommes de quarante ans, sexy et sûrs d'eux ? Peut-être bien depuis la rentrée, devait-elle s'avouer, si elle possédait encore une once d'honnêteté dans ce petit corps dépravé.

À sa décharge, elle n'était pas vraiment la seule à ne pas être indifférente au charme de ce cher Laurent. En effet, il n'était pas rare que son nom fût mentionné en salle des profs par l'une ou l'autre de ses collègues féminines et ce n'était certainement pas pour vanter ses talents de pédagogue !

— Je vais voir Laurent, annonçait parfois l'une d'elles avec gourmandise.

— Fais-lui un gros bisou de ma part, renchérissait invariablement une seconde.

Au grand désarroi de leurs homologues masculins, elles en étaient même arrivées à voter pour ce qui leur plaisait le plus chez lui. En tête : ses yeux bleus, qui faisaient craquer l'ensemble de ses dames, suivi de près par son fessier, qui faisait l'objet de nombres de conjectures (était-il aussi ferme qu'il en avait l'air ?), mais ce qu'Émilie préférait, c'était sa voix, chaude et bien timbrée. Son portable vibra, coupant court à ses réflexions hautement philosophiques.

— Excusez-moi, lui dit-elle en ouvrant le message.

C'était Guillaume.

« Toujours partante pour le ciné ce soir ? »

Elle soupira.

« — Non, ça ne va pas être possible pour moi. Voiture en rade.

— Je peux passer te prendre.

— Non, c'est gentil, mais je suis claquée.

— Tu vas nous manquer. Bonne soirée. Plein de bisous. »

— Votre copain ?

— Non, un ami. Je devais aller au cinéma. Enfin bon... Avec cette histoire de voiture, ça va être compliqué.

Ils restèrent silencieux un long moment. Ils étaient presque arrivés, mais à présent, Émilie n'avait plus aucune envie de descendre de son véhicule.

— Que faisiez-vous avant de passer le concours ? demanda-t-elle soudain. Vous étiez enseignant ?

— Pas du tout. J'étais chef d'entreprise. Mon ex-femme et moi étions associés.

— Et vous aviez une entreprise de quoi ?

— De services à la personne. Je m'occupais de tout l'aspect administratif.

Il arrêta la voiture devant son immeuble. Deux choix s'offraient à elle : le laisser repartir ou lui proposer de monter chez elle. Si elle optait pour la deuxième solution, elle était quasiment sûre de ce qui allait arriver.

— Est-ce que je peux vous demander pourquoi vous avez décidé de passer le concours de principal ?

— Je ne vais pas vous mentir. Ce n'est pas par vocation. Je me suis dit que ce serait plutôt confortable niveau salaire et degré d'emmerdements en attendant de me remettre d'aplomb, avec le divorce et les parts que j'ai encore dans la société. En gros, je ne compte pas faire ça toute ma vie.

Elle avait été surprise, heureuse même de sa franchise, mais plus tard, alors qu'elle se retournait sous ses draps, elle ne put s'empêcher de se demander si cet aveu avait eu un quelconque impact sur sa décision de ne pas lui proposer de monter. En tous les cas, maintenant qu'elle était seule dans son grand lit, elle s'en voulait de l'avoir laisser filer...

Chapitre 4

Émilie

L'arrivée d'une nouvelle collègue supplanta rapidement les blagues grivoises faites à propos de Laurent Thomassin dans les conversations de la salle des profs. Elizabeth Postel, le second professeur d'anglais, s'était fait une vilaine fracture à la jambe pendant les vacances de Noël et, après deux semaines d'expectative, une remplaçante avait été nommée. Émilie la détesta au premier regard, non parce qu'elle était plutôt jolie et attirante, absolument pas, car même si elle lui aurait préféré une femme avec plus d'expérience (soixante ans lui paraissaient un âge tout à fait respectable), elle n'était pas du tout du genre à jalouser les femmes plus jeunes. Émilie n'aurait pas su dire si c'était ce brin de vulgarité dans sa démarche ou même son assurance tapageuse qui lui déplaisait. Cela n'avait en tout cas rien à voir avec le cas que faisaient d'elle tous les hommes de l'établissement, ravis d'exprimer leur approbation devant leurs homologues féminins, écœurées par leurs propos sexistes.

En homme vaillant qu'il était, Victor, le professeur de maths sauvagement agressé par celui de musique, osa lancer en pleine salle des profs :

— C'est marrant ça, quand il s'agit de parler, je cite « du petit cul de Laurent », là ça ne pose problème à personne, mais si un mec se permet de faire un commentaire sur la nouvelle, il est tout de suite question de sexisme. Comme quoi, il existe deux poids, deux mesures !

— Pauvre chéri ! Tu es vexé parce que personne n'a mentionné ton joli petit popotin, c'est ça ? lança Steph.

— Tout à fait, répondit Victor en se prenant au jeu. Moi aussi j'aimerais qu'on fantasme sur mon corps de rêve.

Des regards désabusés se tournèrent vers lui.

— Il n'empêche que ce matin, je l'ai aperçue avec le chef et il fallait voir le rentre-dedans qu'elle lui faisait, c'était honteux. Cette fille n'a pas froid aux yeux ! Lança Virginie, l'œil allumé.

Steph se pencha sur Émilie et commenta, à voix basse :

— Et venant d'elle, la reine des suces-boules en personne, ce n'est pas peu dire.

— Et puis, ce n'est pas tout, ajouta-t-elle en baissant la voix, forçant ainsi les autres à se rapprocher, ce matin, Fatima m'a confié qu'elle avait des vues sur Guillaume.

Émilie éclata d'un rire tonitruant :

— Alors là, ça m'étonnerait vraiment que Guillaume puisse s'intéresser à une nana comme elle ! Je crois que la vulgarité, ce n'est pas trop son truc !

Tous les regards convergèrent vers elle, intrigués. Celui de Virginie, en particulier, brillait d'une lueur mauvaise. Elle posa une main sur le genou d'Émilie.

— Je n'avais pas réalisé que vous étiez aussi proches, Guillaume et toi, dit-elle d'une voix mielleuse. Malgré tout, je crois que tu te fourres le doigt dans l'œil. Tu sais, ce n'est qu'un mec, elle est attirante, ils ont à peu près le même âge, je ne vois pas ce qui pourrait poser problème.

À peu près le même âge… Dans les dents ! Quelle salope, se dit Émilie, exaspérée. Si elle ne retirait pas sa main immédiatement, elle ne répondrait plus de ses actes.

Un peu plus tard, alors qu'elle attendait sa prochaine classe dans le couloir, elle put constater que la plus aveugle des deux n'était pas forcément celle qu'elle aurait cru. Habituellement, pendant ce creux, Guillaume venait discuter avec elle, mais cette fois, il se contenta de lui claquer deux bises sonores sur les joues et disparut rejoindre la nouvelle arrivée dans la salle voisine. Elle en resta soufflée. Le commentaire qu'elle entendit de la part de l'un de ses troisièmes ne la rendit pas moins morose.

— T'as vu la remplaçante de Mme Postel ? Elle est trop bonne !

Elle se retourna, furieuse :

— Non, mais ça ne va pas ? cria-t-elle à son élève dépité. Tu parles d'un professeur, là !

— Je suis désolée Miss, ce n'est pas pour vous que je disais ça, lui répondit le gamin en lui jetant un regard suppliant.

Bizarrement, la tentative de justification du garçon ne réchauffa pas le cœur d'Émilie à son égard.

— Donne-moi ton carnet, tu es collé. C'est parfaitement irrespectueux de dire ce genre de choses !

Même si elle s'habille comme pour aller faire le tapin, ajouta-t-elle pour elle-même.

Quand elle raconta sa mésaventure à Guillaume un peu plus tard, alors qu'elle lui apportait le billet de retenue, il éclata de rire.

— Avoue qu'il a bon goût, ce petit !

Elle le foudroya du regard.

— Parce que tu trouves que c'est vraiment une façon de parler d'un prof ?

— C'est un gamin, il a les hormones qui le travaillent. C'est plutôt drôle.

— Je n'y crois pas ! Alors tu penses que j'ai été trop dure avec lui ? lança-t-elle sur un ton agressif.

Il la regarda, les yeux légèrement écarquillés, peu habitué à la voir aussi véhémente.

— Ce n'est pas à moi de discuter les punitions que tu donnes aux élèves, Em. C'est toi la prof.

Elle le regarda comme s'il l'avait insultée et lui tourna le dos, furieuse. De quel droit se permettait-il de la juger ? Pour qui se prenait-il à la fin ? C'était cette fille, elle les rendait tous fous ! Elle n'aurait jamais imaginé que viendrait le jour où elle commencerait à regretter les réflexions vachardes d'Elizabeth…

Laurent

De toute la journée, les conflits n'avaient cessé : entre élèves, entre profs et élèves, et même entre profs. Le pire, c'était qu'il avait dû jouer les arbitres. Si seulement cette buse de Lépine lui avait prêté main-forte ! Mais non, à onze heures, après avoir reçu plusieurs élèves témoins d'une bagarre dans la cour, elle avait déclaré une migraine carabinée et était rentrée chez elle.

— Je suis désolée de t'abandonner comme ça, Laurent, j'ai bien essayé de tenir, mais là je n'en peux plus. Ce qui me rassure, c'est que je sais l'établissement entre des mains compétentes.

Tu m'étonnes ! Ça pour déléguer, la mère Lépine, elle est forte !

Il s'était contenté de se taire, lui laissant le soin d'interpréter son silence. Cette femme l'épuisait. S'il voulait regarder le bon côté des choses, il se dit qu'au moins, après avoir travaillé avec elle, il aurait une solide expérience dans tous les domaines liés à son nouveau métier. En attendant, il souffrait. Il avait le sentiment très désagréable d'être à la barre d'un navire en perdition. Le Titanic. Entre le CPE absent, la principale qui s'était fait porter pâle, ce surveillant, Guillaume, qui avait pris un coup de poing pendant une bagarre en essayant de séparer deux garçons de troisième, la situation était critique. De surcroît, cette affaire avait failli tourner au pugilat. En voyant le visage tuméfié du jeune homme, Madame Lépine, pour une fois dans son rôle, s'était effrayée et avait émis l'idée d'appeler les pompiers, ce que celui-ci avait refusé. Plusieurs professeurs présents lors de l'agression, parmi lesquels Émilie et sa nouvelle collègue remplaçante, avaient proposé de le conduire aux urgences. Madame Delaporte, prenant visiblement sa mission de veiller sur les jeunes très au sérieux, avait insisté auprès de Guillaume pour qu'il accepte d'aller faire examiner son œil. Il avait fini par céder, certainement conscient que jamais il n'obtiendrait gain de cause dans cette affaire, d'autant plus que Madame Lépine et la remplaçante s'étaient ralliées aux arguments de la jeune femme. Le problème qui s'était posé ensuite avait été de désigner la personne qui l'accompagnerait aux urgences puisqu'il était évident qu'il ne pouvait pas conduire. La remplaçante s'était immédiatement portée volontaire, aussitôt taclée par une Émilie très en forme :

— Mais tu as cours tout de suite, avait-elle fait remarquer, fort justement.

La jeune femme lui avait jeté un regard qui aurait probablement effarouché une personne moins déterminée que Miss Delaporte, comme l'appelaient affectueusement ses élèves.

— En revanche, moi, je peux y aller, j'ai une heure de creux.

Était-ce lui ou avait-il décelé une note de triomphe dans sa voix ? Lui était alors revenu en tête l'épisode des roses et il s'était aussitôt demandé ce qu'il y avait entre eux deux.

— Vous feriez ça ? s'était exclamée Madame Lépine, y voyant probablement une occasion pour se débarrasser de la corvée qui lui pendait au nez.

— Bien sûr, avait répondu la jeune femme en lui adressant un sourire radieux.

— Mais Madame Delaporte, s'était empressé d'ajouter Laurent, vous reprenez bien à onze heures, si je ne m'abuse ?

À cet instant, il avait bien vu qu'il n'était pas vraiment sa personne favorite au monde. Si elle avait eu une mitraillette à la place des yeux, il n'aurait pas donné cher de sa peau.

— En effet, avait-elle répondu sèchement.

Le regard de sa collègue s'était illuminé.

— Je ne peux pas vous donner l'autorisation y aller, on manque déjà de personnel, alors laisser des élèves en permanence à onze heures, c'est impensable.

C'était finalement Madame Garcia qui s'était dévouée. Un véritable scout cette Madame Garcia ! Toujours prête à rendre service, surtout si elle pouvait s'en vanter. Une fois encore, il avait cru qu'il allait être obligé de restreindre Émilie pour l'empêcher de sauter à la gorge de sa collègue. Il aurait volontiers fait barrage de son corps, mais elle s'était contentée d'adresser à Madame Garcia un regard méprisant, puis, après quelques paroles murmurées à l'oreille du jeune blessé qui lui avait souri, elle s'était éloignée d'un pas chaloupé.

— Ça lui fait du bien la concurrence à notre petite Émilie, Stéphane Lecorne avait-il soufflé à Guillaume. Ça fait longtemps qu'on n'avait pas eu le droit à cette petite robe !

Il n'avait pas entendu la réponse du jeune homme, mais il avait remarqué que ses yeux étaient rivés à la jeune femme. *Intéressant,* s'était-il dit, piqué d'une pointe de jalousie.

Il les avait observés pendant les quelques jours qui avaient suivi et, s'il devint clair pour lui que le jeune homme avait une nette préférence pour elle, il ne détecta rien de similaire chez Émilie, mise à part cette propension qu'elle avait de materner tout être humain plus jeune qu'elle et qui semblait n'exclure que sa collègue. Il s'aperçut également que Monsieur Lecorne avait été clairvoyant en remarquant la compétition qui existait entre les deux femmes. Elles se détestaient cordialement, cela se voyait comme le nez au milieu de la figure. Il ne comprenait pas bien pourquoi Émilie était aussi agacée par cette gamine qui ne lui arrivait décidément pas à la cheville, mais il ne pouvait guère le lui dire, alors il se contentait de s'amuser de leur rivalité féroce et silencieuse. Celle-ci s'exprimait par des regards sans pitié et surtout un perpétuel défilé de mode qui faisait rire aux éclats tous les adultes. Même Madame Lépine avait été frappée par leur petit manège. Chaque jour, les assistants d'éducation commentaient leurs tenues et leur décernaient une note et, malgré les remarques qu'il leur faisait par rapport à ce jeu de mauvais goût, il ne pouvait que constater, non sans un certain plaisir, que c'était souvent Émilie qui avait le dessus.

Émilie

Comme tous les mardis, elle alla rejoindre les assistants d'éducation qui mangeaient au premier service, en compagnie de quelques élèves.

— Les 6eA vont finir par avoir ma peau, leur déclara-t-elle en se laissant tomber sur la chaise libre à côté de Guillaume.

— Tu viens de les avoir ? lui demanda Julia, une jolie brunette d'à peine vingt ans.

Émilie hocha la tête, attaquant avec appétit son plat de lasagnes.

— Ils avaient une heure de permanence juste avant ton cours.

— Je comprends mieux maintenant. Vous ne devinerez jamais ce qu'Arthur m'a fait.

— Arthur Delgado ?

— Oui, j'étais en train de leur faire lire un texte, je le surveillais du coin de l'œil, il vaut mieux avec lui, et là, je l'aperçois qui embrasse la table. C'était tellement énorme que, comme une gourdasse, je me suis mise à rire. Comme je ne voulais pas que ça se remarque, je me suis planquée derrière mon livre, mais bien sûr, ils m'ont vue. Il m'a fallu au moins cinq minutes pour retrouver mon calme et dix pour obtenir le silence. Je le retiens vraiment le Arthur !

— Il est chelou ce gamin, dit Julia en ouvrant de grands yeux.

— Ça, tu l'as dit ! Mais bon, il n'est pas méchant.

— Il est « attachiant », proposa Guillaume, provoquant des rires.

Ce ne fut que lorsque le silence retomba que Sébastien prit la parole :

— Alors cette soirée ? demanda brusquement « le vieux ».

C'était ainsi que le surnommaient affectueusement les autres à cause de son âge avancé. Avec ses vingt-cinq printemps, il était le plus âgé des assistants d'éducation.

— Quelle soirée ? demanda innocemment Émilie.

Julia et Fatima échangèrent un regard, ce qui n'échappa pas à l'œil exercé d'Émilie.

— Quoi ? s'enquit-elle.

— La soirée de Léa, dit Julia en baissant les yeux.

Léa, sa chère collègue d'anglais.

— Comment ça, Léa a organisé une soirée et je n'ai pas été invitée ? s'écria-t-elle, ironique. Quelle surprise ! Vous pouvez en parler, je vais me faire violence pour surmonter ma déception.

— C'était sympa, intervint Fatima en regardant Guillaume fixement.

— Ouais, ajouta Julia, sans plus de commentaire, les yeux sur son assiette.

— Allez, racontez, insista Émilie.

— Oh non ! s'exclama soudain Sébastien en abattant ses mains sur la table, les faisant tous sursauter.

Il baissa la voix en voyant les élèves leur jeter des regards intéressés.

— Alors, t'as conclu ? demanda-t-il en se tournant vers Guillaume, qui eut un petit sourire. Je le vois à ton petit air satisfait. Gimme me five man !

Les mains des deux acolytes, hilares, se rejoignirent en l'air dans un claquement qui fit sursauter la table voisine. Émilie sentit ses mâchoires se raidir à force de plaquer un sourire niais sur ses lèvres.

— Avec qui ?

Sébastien se tourna vers elle comme si elle était demeurée :

— À ton avis ? Ta chaudasse de collègue !

— Léa ? Tu sors avec Léa ? dit-elle, incrédule.

Elle pivota vers Guillaume pour avoir confirmation et l'expression de son visage, où la gêne se disputait à une indéniable satisfaction, l'informa de la réponse.

— T'as pas vu comment elle était après lui, une vraie chatte en chaleur !

— Seb ! s'exclamèrent les deux filles en chœur.

— Non, mais arrêtez ! Vous êtes les premières à la traiter de tous les noms !

Il se tourna vers Guillaume :

— Et alors, comment c'était ? Est-ce qu'elle est aussi salope qu'elle en a l'air ?

— Elle n'a pas usurpé sa réputation.

Émilie blêmit, mais ne pipa mot, essayant désespérément d'encaisser l'onde de choc provoquée par cette révélation.

— Tu ne vas pas t'y mettre non plus, Guillaume ! s'écria Julia.

— Ce n'est déjà pas glorieux que tu te sois tapé cette taspé ! renchérit Fatima.

— Moi, si j'avais été libre, dit Seb, l'air rêveur.

Fatima éclata de rire.

— Là, tu me fais bien marrer ! Qui te dit que tu l'aurais intéressée ?

Émilie n'entendit pas le reste de la conversation, car elle se tourna vers Guillaume et lui murmura :

— Je n'aurais jamais pensé que ce genre de filles pouvait te plaire.

Ses yeux bruns, d'ordinaire si doux, étaient insondables.

— Elle ou une autre, lui dit-il en la regardant bien droit dans les yeux.

Elle n'aurait pas été plus blessée s'il l'avait frappée. Lentement, elle se leva, mit son manteau et leur annonça, avec aux lèvres le sourire le plus factice du monde :

— Bon, il faut que je vous laisse, j'ai des copies à corriger.

Leur échange de regards ne lui échappa pas, mais elle ne pouvait rester à cette table à jouer la comédie. C'était au-dessus de ses forces. Qu'ils parlent, se dit-elle en s'éloignant.

Elle ne le revit qu'à la fin de la journée. Il l'attendait, appuyé contre sa voiture.

— Merde, siffla-t-elle entre ses dents en le voyant.

Elle qui avait si bien réussi à l'éviter. Elle s'efforça de lui sourire, mais il ne l'entendait visiblement pas de cette oreille :

— Tu n'as pas le droit de me juger ! attaqua-t-il quand elle arriva à sa hauteur.

Sans s'arrêter, elle déverrouilla sa voiture et y rangea ses affaires. Elle s'assit derrière le volant.

— Je ne te juge pas, répondit-elle posément.

Il vint s'appuyer contre sa portière, la maintenant ainsi ouverte.

— Si tu crois que je n'ai pas vu ta tête tout à l'heure !

Elle soupira.

— Je ne vais pas te dire le contraire, tu m'as déçue, mais je vais m'en remettre. Ce n'est pas très grave.

Ses paroles ne l'apaisèrent pas, bien au contraire :

— Tu es vraiment une sale hypocrite, tu le sais ça ? Tu n'avais pas l'air « déçue » quand je t'ai servi de sex toy. Là, ça ne te gênait pas !

— Baisse d'un ton, lui ordonna-t-elle d'une voix tranchante. Tout le monde n'est pas obligé d'être au courant.

— C'est donc ça qui t'emmerde ! Tu as honte d'avoir couché avec moi en fait ! C'est ça, hein ?

Elle serra les dents, déterminée à ne pas se laisser toucher par ses paroles inconsidérées. C'était la colère qui parlait, rien d'autre.

— Arrête de dire n'importe quoi, Guillaume. Je tiens énormément à toi, tu le sais bien, mais on ne peut pas être ensemble. On est trop en décalage.

Il lâcha soudain la portière, comme si elle était électrifiée, et recula, secouant la tête, incrédule. La boule au ventre, elle mit sa voiture en marche et démarra. Il lui dit quelque chose quand elle passa près de lui. Elle vit ses lèvres bouger, mais elle poursuivit son chemin, sans même un regard pour lui.

Chapitre 5

Laurent

Le téléphone sonna. Pour une fois qu'il ne se passait rien et qu'il pouvait avancer dans ses rapports... Il soupira et décrocha :

— Monsieur Thomassin, j'ai Émilie Delaporte en ligne. Elle ne pourra pas assurer sa première heure de cours, elle a eu un accident de voiture.

Émilie ? Un accident ?

— Passez-la-moi.

— Émilie ?

— Monsieur Thomassin ? Je suis désolée, je vais être un peu en retard ce matin, j'ai eu un petit accrochage.

— Mais vous allez bien ? Muguette m'a dit que vous aviez eu un accident.

— Oui, moi ça va, mais on ne peut pas en dire autant de mon véhicule. J'ai appelé la dépanneuse il y a une demi-heure, elle ne devrait plus tarder.

— Où êtes-vous ?

La jeune femme lui répondit, visiblement surprise.

— Ne bougez pas, j'arrive.

Il avertit Madame Lépine qu'il s'absentait une heure ou deux. Il préféra ne pas s'attarder sur son sourire entendu quand il lui fit part de sa destination. Muguette, quant à elle, montra bien moins de retenue :

— Vous allez secourir la petite Émilie. Méfiez-vous, elle a beau avoir l'air toute fragile, elle n'est pas du genre à s'en laisser compter ! Vous pourriez être surpris.

Muguette était une source constante d'étonnement ! Réalisait-elle à quel point son comportement était déplacé ? Clairement, seule son efficacité la sauvait. Il se promit de lui en toucher deux mots dès qu'il en aurait l'occasion, mais pour l'instant, il avait une jeune femme en péril à secourir.

Quand il arriva, elle était sur le trottoir, en grande conversation avec un homme d'une cinquantaine d'années, probablement l'heureux propriétaire de la voiture qu'elle avait emboutie. Il n'avait pas l'air en colère. Au contraire, il semblait plutôt satisfait de la situation, coulant à la jeune femme frissonnante des regards appréciateurs. *Sale pervers*, se dit Laurent en dépliant son mètre quatre-vingt de sa voiture. En le voyant, Émilie ouvrit des yeux ronds et il se demanda s'il avait bien fait de venir. Quel principal-adjoint allait ainsi à la rescousse de ses professeurs ?

— C'est votre mari ? demanda le vieux beau à Émilie qui secoua la tête à se la décrocher.

— Bonjour, Monsieur Thomassin, dit-elle en s'avançant vers lui.

Il prit la main qu'elle lui tendait dans les siennes et lui sourit. Elle semblait parfaitement maîtresse d'elle-même et de la situation. À quoi s'était-il attendu ? À ce qu'elle se jette dans ses bras en le remerciant d'être venu la sauver ? Il s'arracha à ces pensées et réitéra la question qu'il lui avait posée quelques instants auparavant au téléphone :

— Comment allez-vous ?

— Bien, merci. Je suis désolée si je vous ai donné l'impression que j'avais besoin d'aide. C'est gentil à vous d'être venu, mais ce n'était vraiment pas nécessaire.

De quoi avait-il l'air à présent ? Si avec cela elle n'avait pas compris à quel point elle l'attirait ! Il hésita : s'il repartait maintenant, tout le monde — il était parfaitement conscient que la nouvelle de son départ précipité devait déjà avoir fait le tour du collège, merci, Muguette — croirait qu'elle l'avait éconduit.

— Puisque je suis là, je vais attendre avec vous et vous ramener. Pour une fois que ce n'est pas la course, je vais en profiter.

Ils patientèrent, tous les trois, sous l'ombre d'un monstrueux panneau publicitaire qui, s'étonna Laurent, mettait en scène, tout muscle dehors, un ancien footballeur britannique vantant les mérites d'une marque de sous-vêtements masculins. Dix ans auparavant, on ne voyait pas ce genre d'affiche. Émilie se tenait à ses côtés, entre lui et le vieux pervers qui, après avoir reluqué consciencieusement la jeune femme, soucieux de mémoriser le moindre détail, de la douce courbe de ses lèvres à l'arrondi de sa poitrine, finit par prendre congé. Il vint serrer la main d'Émilie qui lui répéta combien elle était désolée de lui avoir causé tant d'ennuis. Devant les yeux ahuris de Laurent, il lui assura que ce n'était rien et alla même jusqu'à la remercier de lui donner une chance de convaincre son épouse de changer de voiture. Laurent croisa le regard amusé d'Émilie et réprima un sourire. Muguette avait au moins raison sur ce point : elle n'était pas du genre à s'en laisser compter, la petite. Sous des airs doux et des manières caressantes, elle savait mener son monde. En même temps, avec un physique comme le sien, elle avait certainement été obligée de gérer les hommes plus souvent qu'à son tour.

Sur le chemin du retour, elle parla peu, enveloppée dans sa dignité, et se montra très évasive lorsqu'il lui demanda comment sa voiture avait fini sa course dans la BM rutilante de Pervers Pépère. À peine garée, elle le remercia chaleureusement de son aide et fila par les escaliers extérieurs qui menaient à l'étage comme si sa vie en dépendait.

Émilie

Enfin seule ! À cette heure-ci, la salle des professeurs serait déserte et elle aurait le temps de se remettre un peu d'aplomb avant les nombreuses questions que ne manqueraient pas de lui poser ses collègues.

— Salut, Émilie ! s'écria Fatima, qui se tenait devant la machine à café en compagnie de Guillaume. Ça va ? Tu es toute blanche.

Sa gorge se noua, mais elle parvint tout de même à sourire et à répondre, d'une voix à peine étranglée :

— J'ai eu un léger accrochage en voiture ce matin, et j'ai été un petit peu secouée...

— Tu n'es pas blessée au moins ? s'écria la jeune fille en se penchant pour l'examiner, ses grands yeux noirs remplis d'inquiétude.

— Non, parvint à répondre Émilie en déglutissant. Je vais bien.

Elle se précipita vers son casier, comme si elle y avait oublié un papier de la plus haute importance, leur tournant leur dos, pour qu'ils ne voient pas les larmes qui roulaient sur ses joues.

— Fatima, je te rejoins, dit la voix de Guillaume et Émilie entendit la jeune fille s'éloigner.

Il attendit que la porte se referme sur elle pour s'approcher et venir poser une main sur son épaule.

— Émilie…

À sa grande horreur, elle éclata en sanglots et couvrit son visage de ses mains. Avec une infinie douceur, qui la surprenait toujours chez un garçon de cette taille, Guillaume l'attira à lui et referma ses bras musclés autour d'elle. La tête contre sa poitrine, elle s'effondra littéralement, laissant s'échapper la tension qui l'habitait depuis le matin. Lui, semblait avoir oublié leur dernière conversation et lui massait délicatement le dos, les lèvres sur ses cheveux blonds ébouriffés. Elle ne put que constater comme elle se sentait bien dans ses bras. Elle pourrait rester toute sa vie ainsi. Ce fut cette réflexion malheureuse qui lui fit prendre conscience de la gravité de la situation : elle, Émilie Delaporte était en train de se lamenter dans les bras d'un gamin de vingt-deux ans ! *Un peu de dignité, ma fille,* se gourmanda-t-elle et, avec autant de douceur que possible, elle s'extirpa de l'étreinte du jeune homme, quittant à regret la chaleur irradiant de son corps.

— Je suis désolée, Guillaume, balbutia-t-elle en croisant son regard empreint de tendresse. Te pleurer dessus comme ça… C'est les nerfs.

— Aucun problème, lui dit-il, les yeux dans les yeux. C'est quand tu veux.

Ses doigts vinrent remettre sagement une mèche rebelle derrière son oreille et elle sentit ses jambes se dérober. Que lui arrivait-il ? Le choc avait-il été plus rude qu'elle ne l'avait cru ? Elle leva les yeux vers l'horloge qui trônait au-dessus des casiers.

— Ça va sonner, il faut que je me rende présentable.

Lui aussi y jeta un coup d'œil et parut surpris.

— Il faut que j'y aille, je dois surveiller les couloirs. On se voit plus tard, dit-il en l'enveloppant d'un regard énamouré.

Il s'arrêta sur le pas de la porte, l'observa quelques instants et lui assena le coup de grâce :

— Tu es superbe.

Que pouvait-elle répondre ? Mis à part qu'il avait très certainement un grave problème ophtalmique et devrait consulter de toute urgence un spécialiste.

Elle grimaça en voyant les yeux de lapin russe qui l'observaient dans la glace. Ce ne fut qu'à grand renfort de fond de teint et de mascara qu'elle parvint à retrouver figure humaine. Seul son regard, brillant, trahissait qu'elle avait pleuré. Il faudrait faire avec.

Elle eut le temps de prendre un café avant que la sonnerie ne retentisse et qu'une Stéphanie folle d'inquiétude ne la plaque sur son fauteuil.

— Ça va ? Tu n'as rien ? dit-elle en lui tâtant les bras.

Bien qu'elle n'ait rien eu lors de l'accident, elle risquait fort de récolter des bleus si son amie ne cessait de la malmener ainsi.

— Ça suffit, arrête de me tripoter comme ça, je vais bien. Et d'abord, comment es-tu au courant ?

Si Guillaume avait blablaté, elle n'hésiterait pas à plaquer son petit corps sexy de rugbyman au sol et à le bourrer de coups de pieds.

— C'est Fatima qui m'a raconté qu'elle t'avait croisée ce matin et que tu lui avais confié que tu avais eu un accident.

— Quelle commère, celle-là ! Ne t'en fais pas, je vais bien, c'est ma voiture qui n'a pas apprécié la blague.

— Que s'est-il passé ?

— Une connerie. J'ai été distraite et je n'ai pas vu que le mec devant moi freinait. Et BAM !

— Et comment il a réagi ?

— Il est sorti furax de sa voiture et il a commencé à râler, mais vu que je me suis confondue en excuses, il est redescendu vite fait et on a pu faire notre constat. De toute façon, c'était complètement de ma faute. Je n'avais qu'à regarder devant mon nez.

— Mais qu'est-ce qui t'a distraite comme ça ?

Émilie sentit ses joues s'empourprer légèrement, aiguisant la curiosité de Steph.

— Tu ne le répéteras pas ?

— Tu sais que je suis une tombe.

Émilie leva les sourcils, peu convaincue.

— Allez, ne te fais pas prier.

— Si tu le racontes à quelqu'un...

Le regard qu'elle jeta à son amie était sans équivoque.

— Je te jure que je le garderai pour moi.

Après un dernier instant d'hésitation, Émilie se lança :

— Tu vois ce panneau publicitaire au niveau de la gare ?

Steph prit une expression rêveuse.

— Celui avec...

— Celui-là même.

Steph éclata d'un rire tonitruant, attirant vers elles les regards intrigués de leurs collègues.

— Tu es train de me dire que tu as emplafonné ta voiture parce que tu matais un panneau publicitaire ?

— Je crois voir lequel, les interrompit Virginie, toujours prête à aider son prochain, surtout lorsqu'il s'agissait de mettre dans l'embarras une collègue.

C'était la dernière fois qu'Émilie confiait un secret de cette importance à Steph, cette fille était incapable de tenir sa langue! Le petit sourire qui étirait les lèvres peinturlurées de Léa ne lui échappa pas et sut que Guillaume n'allait pas tarder à être au courant.

Elle ne retrouva le jeune homme qu'à la pause de l'après-midi, lorsqu'il vint lui rendre visite dans sa classe. Elle était installée à son bureau en train de discuter avec deux élèves de troisième quand sa longue silhouette apparut dans l'encadrement de la porte.

— Allez prendre l'air, les filles, leur dit-elle.

Les deux gamines sortirent en échangeant un regard amusé, ce qui n'échappa pas à Émilie.

— Tu vas mieux ? lui demanda le jeune homme, l'air inquiet.

— Oui, je suis vraiment désolée pour ce matin. Ça ne me ressemble pas ce genre de comportement.

Son estomac s'enroula sur lui-même pour former un nœud serré. *Ne le laisse pas te toucher,* se rappela-t-elle. À son grand regret, elle n'eut pas à se débattre pour échapper à ses lèvres entreprenantes, car il s'assit sur une table, balançant ses longues jambes, ses Converses effleurant le sol. Il aurait pu être l'un de ses élèves lui racontant son dernier match de rugby. Il lui sourit et déclara, taquin :

— J'espère que tu ne m'en veux pas de garder mon pantalon, ça m'embêterait de te déconcentrer.

Quelle connasse cette Léa ! Elle ne perd rien pour attendre !

— Ah ah ! Tu es hilarant, dit-elle en haussant les épaules, sans lui faire l'aumône d'un regard, les yeux rivés sur l'écran de son ordinateur.

— Je vais te laisser bosser, il faut que je rejoigne Seb. Il va péter un câble s'il se retrouve tout seul pour surveiller la cour. Rendez-vous sur le parking à dix-sept heures trente ?

Il sauta de la table et se dirigea nonchalamment jusqu'à la porte. Émilie leva le regard de son écran, perplexe .

— Je te ramène, lui dit-il simplement avant de sortir de la pièce.

Elle ferma les yeux, touchée et exaspérée à la fois.

À dix-sept heures trente, il était devant sa salle, à la grande joie de ses troisièmes, qui ne manqueraient pas d'inventer des histoires invraisemblables sur leur compte. Légèrement agacée, elle s'efforça de lui sourire.

— Je peux prendre le bus, tu sais. Tu vas rater ton entraînement.

Il haussa les épaules.

— Ce n'est qu'un entraînement. Tu ne veux pas qu'on se fasse un ciné ?

Si elle était honnête envers elle-même, ce n'était pas vraiment un ciné qu'elle voulait se faire, surtout quand il la regardait ainsi, avec ce sourire mutin aux lèvres.

— J'ai du boulot ce soir et puis, ajouta-t-elle à contrecœur, j'ai mal partout.

Une lueur d'inquiétude s'alluma dans ses yeux bruns :

— Tu devrais peut-être aller voir un médecin.

— Mais non, un bon bain chaud, un bon dodo et ça ira mieux.

— OK, si tu le dis.

Elle lui sourit, fit mine de prendre ses affaires, mais il la devança et s'empara de son cartable.

— Qu'est-ce que tu mets là-dedans ? Ça pèse des tonnes.

Elle le toisa, méprisante :

— Tu parles d'un rugbyman en carton ! Même pas foutu de porter un minuscule sac sans chouiner !

Il émit un petit léger rire :

— Oh toi, la petite perverse, tu peux toujours causer. La fille qui ne peut pas passer devant la photo d'un mec en caleçon sans emplafonner sa voiture !

Elle feignit d'être outrée, sans pouvoir s'empêcher de sourire. Tout était tellement plus simple quand ils étaient sur ce registre. Ils continuèrent à plaisanter ainsi jusqu'à ce qu'ils arrivent chez elle. Il insista pour lui monter ses affaires et elle finit par accepter, vaincue par la fatigue.

Une fois dans l'ascenseur, leur sens de l'humour avait disparu et ils contemplèrent leurs chaussures, gênés, se rappelant ce qu'il s'était passé la dernière fois qu'ils s'étaient trouvés ensemble à cet endroit.

En entrant dans l'appartement, elle n'eut pas le temps de lui demander de déposer son cartable dans le bureau que déjà il l'enlaçait, s'emparant de ses lèvres avidement.

— Arrête, lui dit-elle dans un souffle.

Il ne l'écouta pas et elle finit par le repousser des deux mains.

— Mais qu'est-ce que tu fais ? s'écria-t-elle, choquée de son comportement.

Il la relâcha, interdit, et recula, la contemplant de ses yeux bruns blessés. Elle eut envie de mourir. Il lui tourna le dos et ouvrit la porte d'entrée.

— Guillaume, l'implora-t-elle.

Il s'immobilisa, la main sur la poignée.

— Il faut qu'on parle, insista-t-elle, profitant de son indécision.

Il laissa retomber la lourde porte en bois et fit volte-face. Il se planta devant elle, croisa les bras et lui dit, la voix vibrante de colère :

— Il n'y a pas grand-chose à dire Em ! Ça fait trois ans que ça dure ! Je suis fou de toi, tu en es pleinement consciente et tu joues avec moi !

— C'est faux ! s'indigna-t-elle.

— Arrête ! C'est vrai et tu le sais ! Tu souffles le chaud et le froid, sans arrêt, je ne sais plus quoi penser.

Il resta silencieux un moment à l'observer et reprit :

— Et tu sais ce que je crois, Em ? C'est que toi aussi tu ressens un truc pour moi, mais tu es trop lâche pour te l'avouer. Ça t'arrange bien de te dire qu'on est juste des amis, que je ne suis qu'un gamin et qu'on n'a pas d'avenir ensemble. En fait, ça n'a rien à voir avec l'âge, tu as la trouille, c'est tout !

Elle resta plantée comme une demeurée à le regarder. Encore son problème d'esprit en escalier ! Ce ne serait que plus tard, lorsqu'elle serait seule dans l'escalier (elle ne savait pas pourquoi, mais les escaliers l'inspiraient), qu'elle trouverait des répliques cinglantes et pleines d'esprit.

— En tout cas, c'est fini, Em. On arrête de jouer. Tu ne veux pas de moi ? No problem, il y en a beaucoup d'autres qui seront ravies de prendre ta place !

Il sortit en claquant la porte. *Quel petit con prétentieux,* se dit-elle en se faisant couler un bain. Il n'avait décidément rien compris. Elle avait pourtant essayé de le prévenir. S'il ne voulait rien savoir, elle n'était pas responsable.

Chapitre 6

Laurent

Dans le froid glacial de cette belle journée de février, Laurent observait les adolescents qui s'ébattaient dans la cour, criant, s'interpellant bruyamment. Il alla saluer Fatima et Guillaume qui soufflaient sur leurs doigts gelés, répondit aux « Bonjours ! » des plus jeunes et attendit l'arrivée des professeurs. Certains faisaient leur apparition quelques secondes après la première sonnerie, soucieux de ne pas laisser leurs élèves grelotter dans le froid. D'autres traînaient un peu plus en salle des profs, terminant un énième café avant d'entrer dans l'arène. Quelques-uns, les plus malins, demandaient à leurs collègues de faire monter leurs élèves, prétextant un oubli, et les attendaient bien au chaud dans le confort de leur classe. Il avait abordé ce problème avec Madame Lépine qui s'était contentée de hausser les épaules, peu concernée. Il s'était alors promis que, lorsqu'il serait à la tête de son propre établissement, il ne laisserait pas passer ce genre d'attitude.

Il avait finalement décidé de se donner un peu de temps dans le métier. À sa grande surprise, il appréciait de travailler avec des adolescents et s'attachait petit à petit à son équipe de professeurs, à certains plus qu'à d'autres, s'avoua-t-il en souriant. À ce moment, elle poussa la porte du hall, tête haute, le bras passé dans celui de son amie, Madame Julien. Toutes les deux riaient aux éclats, comme c'était souvent le cas lorsqu'elles étaient ensemble. Madame Julien fut arrêtée en chemin par deux gamines à la mine inquiète et dut se désolidariser de son binôme. Celle-ci leur adressa un sourire enjoué, rejeta ses cheveux blonds en arrière et alla embrasser Fatima avec qui elle échangea quelques mots. Puis elle se présenta devant le grand Guillaume qui, loin de sa joie de vivre habituelle, tirait une tête de dix mètres de long. Au lieu de se baisser pour lui faire la bise et lui glisser une blague ou deux, il resta droit comme un i, à la regarder comme si elle était le diable en personne. Laurent se doutait que la belle avait dû repousser les avances du jeune homme, sans doute peu habitué à être rejeté de la sorte, vu son physique qui faisait des ravages parmi les élèves. Elle dut se mettre sur la pointe des pieds pour lui faire la bise. Laurent ne put que remarquer l'expression chagrine de son visage quand elle s'avança vers lui, ôtant son gant pour lui serrer la main. Il eut quand même le droit à un sourire.

— Comment allez-vous, Madame Delaporte ?

— Bien, merci. Et vous-même ?

— Très bien, merci. Quel froid ce matin !

— Ne m'en parlez pas !

Vu l'intérêt fulgurant des sujets de conversation qu'il lui proposait, il n'était pas vraiment surpris qu'elle ne lui portât pas plus d'attention qu'à un lampadaire. Elle s'éloigna d'un pas décidé et rameuta ses troupes, jetant des regards courroucés aux retardataires qui s'inséraient le plus discrètement possible dans leur rang. Vint son moment préféré : celui où la jeune Madame Quibel faisait son apparition et où les deux femmes se croisaient. Ce matin, elle avait fait fort avec sa petite jupe moulante et ses cuissardes. Il se demanda même s'il ne devrait pas la convoquer dans son bureau. À son grand amusement, il vit Émilie plisser les yeux quand elle l'aperçut, outrée, d'autant qu'elle faillit perdre la moitié de son rang dans la bataille, les garçons s'étant arrêtés brusquement, visiblement victimes de la gravité exercée par le jeune professeur. Quand elle alla se coller à ce benêt de Guillaume, celui-ci retrouva soudain son sourire de play-boy prépubère, lorgnant les jambes de la jeune femme, qui eut l'air ravie de la commotion qu'elle avait suscitée.

— Bonjour, Monsieur Thomassin, ronronna-t-elle en lui tendant une main parfaitement manucurée.

Lui qui avait prévu de lui faire une réflexion sur ses choix vestimentaires dut avaler sa salive avant de pouvoir lui répondre dans un croassement :

— Bonjour, Madame Quibel.

Elle repartit en se déhanchant, un sourire satisfait aux lèvres.

La riposte ne tarda pas. À la récréation, une délégation de professeurs, toutes des femmes, demandèrent à voir Madame Lépine, qui les reçut sur-le-champ. Laurent, dévoré par la curiosité, alla se joindre aux festivités. Quand il arriva dans le bureau de la principale, Virginie Garcia — quelle surprise — avait pris la parole :

—… c'est insupportable sa façon de se comporter. Si à son âge elle ne se rend pas compte qu'elle travaille avec des adolescents impressionnables, c'est grave.

— Vous pensez vraiment que sa tenue vestimentaire perturbe les élèves ?

— Est-ce que vous l'avez croisée, ce matin ?

Cette fois, c'était Émilie qui avait pris la parole. Elle se tourna vers lui :

— Monsieur Thomassin, vous qui l'avez vue, vous ne trouvez pas ses vêtements complètement déplacés pour venir travailler dans un collège ?

— En effet, je me suis demandé si je devais lui en parler ou non. J'ai préféré attendre l'avis de Madame Lépine.

— Voilà ! Vous voyez Madame Lépine ! renchérit Émilie, les joues rouges de colère. Il y en a marre de ses tenues indécentes !

Jamais il n'avait vu la douce jeune femme aussi remontée.

— Vous avez essayé d'en discuter avec elle ?

— Oui, on a toutes essayé, à différents moments, répondit Stéphanie Julien, qui avait l'air plutôt désolée. Elle nous a envoyés balader. En gros, elle nous a dit qu'on était jalouses d'elle.

— En effet, répondit sobrement Mme Lépine.

La principale se tourna vers lui. *Elle n'allait tout de même pas oser.* Elle osa :

— Tiens, Laurent, tu pourras rencontrer Mademoiselle euh...

— Quibel, lui glissa Madame Scout-Toujours.

—... Oui, Mademoiselle Quibel, c'est ça. Pourrais-tu la voir avant qu'elle ne parte ? Je suis désolée, mais je n'aurai pas le temps, j'ai une réunion au rectorat cet après-midi.

Il quitta le bureau de la principale, furieux. Elle commençait vraiment à le chauffer celle-là, à toujours lui refiler ce qui la gênait !

Il retourna tous les tiroirs, à la recherche du dossier d'un élève dont il devait rencontrer les parents dans moins d'une demi-heure. Il ne vit même pas le groupe de professeurs repartir de l'administration. Ce ne fut que lorsqu'il entendit toquer qu'il leva la tête et découvrit une Émilie mal à l'aise dans l'encadrement de la porte.

— Vous avez besoin de quelque chose, Madame Delaporte ? lui demanda-t-il plus sèchement qu'il ne l'aurait voulu.

La carnation de ses joues gagna une nuance, s'approchant dangereusement du magenta.

— Je suis désolée que ça vous retombe dessus.

Il haussa les épaules, le nez toujours dans ses dossiers.

— Ça fait partie de mon travail, vous savez. Si vous estimez toutes que sa tenue perturbe le bon déroulement des cours, il n'y a aucune raison pour que je ne lui en parle pas.

Elle bafouilla quelques mots et s'en fut, la tête basse.

Plus tard, quand il reçut la jeune femme, lui-même n'en menait pas large. Il essaya d'être le plus concis possible, lui expliquant avec gentillesse et fermeté qu'elle était à présent professeur, qu'elle représentait l'État et qu'elle devait s'ériger en modèle pour ses élèves. À son grand désarroi, il vit son visage se décomposer dès les premières paroles, puis vinrent les larmes. Au comble de l'inconfort, il lui offrit un paquet de mouchoirs et s'efforça de lui faire comprendre que tout le monde pouvait faire des faux-pas en début de carrière, l'essentiel étant de s'en rendre compte et de rectifier le tir. Il maudit les professeurs qui l'avaient mis dans cette situation et plus encore sa supérieure hiérarchique. Quand il libéra la jeune femme, il fut rassuré en la voyant trouver du réconfort dans les bras de Guillaume, sans toutefois pouvoir s'empêcher de se demander ce qu'elles avaient toutes avec lui.

Émilie

Celle-là, elle ne l'avait pas vu venir. Elle rangeait tranquillement ses affaires après une séance avec ses sixièmes, dont elle était particulièrement satisfaite. Ils avaient adoré l'activité qu'elle leur avait proposée et elle était certaine que la plupart avaient assimilé la structure grammaticale qu'elle leur avait fait travailler. Il était entré dans sa classe comme une furie, avait refermé la porte derrière lui et avait lancé l'offensive :

— Comment tu as pu faire un truc aussi mesquin ?

Elle l'avait regardé, effarée de le voir dans une telle colère.

— Ne fais pas l'innocente, je suis sûre que ça vient de toi.

Il parlait de Léa. Elle avait baissé la tête piteusement. Elle n'était en effet pas très fière d'elle.

— Tu ne pouvais pas en discuter avec elle, ce n'était pas possible ça ? Non, il a fallu que tu ailles pleurer dans le bureau de la chef ! Tu es pire que les gamins !

Elle ne l'avait jamais vu dans un tel état, lui, le garçon à la blague facile dont le rire résonnait régulièrement dans les couloirs du collège. Elle détestait que son indignation aille dans le sens de sa rivale, surtout dans la mesure où elle savait qu'elle n'avait pas le beau rôle dans cette affaire.

— Je lui ai parlé, elle n'a rien voulu entendre !

— Et c'était nécessaire de la griller auprès de la direction alors qu'elle s'en va dans quinze jours !

Émilie avait pâli dangereusement.

— Je ne le savais pas.

— Tu devais bien te douter qu'elle n'allait pas rester éternellement !

— Guillaume… avait-elle bredouillé en tendant la main vers lui.

Il avait reculé, une moue dégoûtée aux lèvres, et le regard brûlant qu'il lui avait lancé l'avait glacée. Elle y avait lu de la haine. Jamais elle n'avait voulu qu'il la déteste, juste qu'ils soient amis.

— Je suis désolée.

Il s'était mis à faire les cent pas dans la pièce, ouvrant et refermant les poings.

— C'est tout ce que tu as trouvé ?

— Je n'étais pas la seule…

Il s'était planté devant elle, secouant la tête, incrédule.

— Non, mais ça, ce n'est pas une excuse ! Je vais finir par croire qu'elle a raison, que tu es jalouse d'elle !

Émilie avait ouvert la bouche pour se défendre, indignée, mais il ne lui en avait pas laissé le temps :

— En tout cas, si c'est une stratégie pour me guérir de toi, elle est super efficace.

Après cette tirade, il avait tourné les talons et était sorti de sa classe, non sans avoir claqué la porte derrière lui.

Laurent

Cette journée avait commencé exactement comme les autres et rien ne lui laissait présager de ce qui allait arriver. Comme d'habitude, il surveilla l'arrivée des élèves le matin, inspecta les couloirs aux récréations et alla déjeuner à midi. Ce fut lorsqu'il retourna à son bureau avant treize heures qu'elle prit un tournant inattendu. Il consultait sa messagerie professionnelle quand elle vint frapper à sa porte. Il leva les yeux, prêt à ordonner à l'importun de déguerpir, et se retrouva face à Léa Quibel qui lui sourit craintivement. Depuis leur conversation, elle avait adopté un style plus sobre, avec ses jeans, ses chemisiers qu'elle prenait soin de boutonner jusqu'au col et ses bottines classiques.

— Excusez-moi de vous déranger Monsieur Thomassin, mais j'aurais voulu savoir si vous aviez les clés de l'infirmerie.

J'ai une migraine terrible et je n'ai pas de paracétamol sur moi. Édith est déjà partie dans son école primaire.

— Et vos collègues n'en ont pas ? demanda-t-il fort maladroitement.

— Je préfère garder mes distances.

— Oui, bien sûr, je comprends.

Il farfouilla un instant sur son bureau, finit par repêcher son énorme trousseau de clés sous un dossier et la suivit jusqu'à l'infirmerie. Il la laissa entrer et alla jeter un coup d'œil dans l'armoire où était conservé un stock impressionnant de paracétamol et de pansements gastriques. Il ne leva la tête que lorsqu'il entendit le lourd loquet tourner dans la serrure. La jeune femme se tenait devant lui, à contre-jour, si bien qu'il ne pouvait pas voir son visage. Il se redressa, un peu surpris. Inexorablement, elle s'avança vers lui, déboutonnant son chemisier, lui laissant deviner la naissance de ses seins. Il déglutit péniblement. S'était-il assoupi à son bureau, assommé par le hachis parmentier de la cantine, livré à ses délires fantasmatiques ? Elle se débarrassa de l'étoffe d'un geste gracieux et, sur la pointe des pieds, déposa un baiser sur ses lèvres.

— Je voulais vous remercier de votre gentillesse, murmura-t-elle d'une voix rauque qui le mit en transe.

Sans s'interroger sur le bien-fondé de ses actes, il souleva la jeune femme et la déposa sur le lit réservé aux patients, ses lèvres caressant la peau enfiévrée du jeune professeur. Ses mains expertes décrochèrent son soutien-gorge et elle rejeta la tête en arrière lorsqu'il s'empara de ses seins. En la voyant ainsi, à moitié nue devant lui, il faillit exploser. Il dut faire appel à toute sa volonté pour se contenir. Ses yeux clairs plantés dans les siens, se mordillant la lèvre inférieure, elle se délesta de son jeans, puis de sa petite culotte, découvrant un mont de vénus parfaitement lisse.

— J'ai des préservatifs dans mon sac, lui murmura-t-elle à l'oreille.

Il ne se fit pas prier et récupéra le précieux carré en aluminium qu'il s'empressa de déchirer et d'enfiler. Malgré l'urgence de la situation et les risques qu'elle entraînait, il prit son temps, menant peu à peu la jeune femme à la jouissance avant d'y parvenir lui-même.

Alors qu'ils se rajustaient, elle lui donna un dernier baiser.

— C'était génial, murmura-t-elle. Merci.

Il se sentit rougir jusqu'aux oreilles.

— Vous allez sortir en premier, lui ordonna-t-il. Montez directement en salle des profs.

— Aucun problème, répondit-elle, tournant le plus discrètement possible le gros verrou. S'assurant qu'aucun élève n'errait dans le couloir, elle sortit et s'éloigna en sifflotant, ravie du moment privilégié qu'elle venait de passer avec son chef.

Il attendit quelques minutes puis s'échappa à son tour, aussi satisfait qu'elle. Il referma la porte tranquillement. S'il croisait quelqu'un, il n'aurait qu'à dire qu'il avait eu besoin de paracétamol.

Émilie

C'était sans compter sur Émilie, qui, bien décidée à traquer les élèves récalcitrants qui se baladaient dans les couloirs à toute heure, s'était mise en embuscade près de la porte de l'infirmerie, sur laquelle elle avait une vue imprenable. Si elle s'étonna de voir Léa en sortir échevelée, ce ne fut rien à côté de ce qu'elle ressentit quand, quelques instants plus tard, ce cher Monsieur Thomassin la suivit.

Non ! Ses lèvres formèrent le mot sans qu'un son ne sortît de sa bouche. Sa surprise était telle qu'elle ne trouva rien à dire aux deux élèves qui tentèrent une incursion dans le couloir, se contentant de leur indiquer la porte du menton. Abattus, tête basse, ils repartirent d'où ils venaient, marmonnant dans leurs barbes inexistantes. Sans leur accorder un regard, Émilie se dirigea vers la grande baie vitrée qui s'ouvrait sur la cour de récréation, ne s'arrêtant que pour le chercher des yeux. Elle adressa un sourire distrait à des élèves de sixième qui lui faisaient du bras. C'était une belle journée et la plupart des adolescents étaient allongés, alanguis, sur les marches, exposant leurs visages blafards aux faibles rayons du soleil. Elle aperçut bien vite ses cheveux flamboyants au milieu d'un groupe de troisièmes, puis reconnut Seb qui était assis à ses côtés. Elle s'apprêtait à sortir pour le rejoindre quand il décala son grand corps et elle apparut alors, riant aux éclats, la tête en arrière, sa longue chevelure brune cascadant sur ses épaules. *Quelle connasse !* Émilie tourna les talons et monta les escaliers quatre à quatre, n'y tenant plus. Il fallait qu'elle raconte ce qu'elle venait de voir à Steph.

Son amie ne la déçut pas, passant par toutes les phases :

Le déni : Non, je ne te crois pas, tu as dû te tromper ! Tu es sûre que c'est bien Thomassin que tu as vu ? Parce qu'avec le balai qu'il a dans le biiiip !

Le dégoût : Mais c'est un vieux pervers en fait Thomassin sous ses airs coincés !

La colère : Elle ne sort pas avec Guillaume, cette petite pétasse ?

— Tu l'as dit à Guillaume ?

— Tu plaisantes, la délation ce n'est pas trop mon truc !

Steph lui jeta un regard amusé, bien peu flatteur à son sens.

— Quoi ? Tu es en train de me traiter de balance, là !

Son amie pouffa.

— Je n'irai pas jusque-là, mais disons que tu as parfois tendance à avoir du mal à garder les informations pour toi.

C'était elle qui lui disait ça alors qu'elle ne pouvait garder les lèvres closes plus de cinq minutes !

— Tu veux qu'on sorte s'expliquer dans la cour ? lui lança son amie en voyant le regard noir dont Émilie la dardait.

Cela suffit à la faire éclater de rire.

— J'ai cru que tu allais me casser la figure ! plaisanta Steph.

— Ce n'était pas loin, répondit-elle, l'air sombre.

— Alors, tu vas en parler à Guillaume ?

— Non, disons qu'on est un peu en froid en ce moment.

Elle ne s'attarda pas sur la question, malgré les regards curieux de Steph, qui pour une fois, sut tenir sa langue.

À son grand bonheur, Léa Quibel finit par débarrasser le plancher et Émilie n'avait jamais été aussi ravie de revoir sa collègue. Elle apprit par Fatima que les assistants d'éducation — Guillaume — avaient organisé un pot de départ à la jeune femme dans leur bureau. Sa mission s'était terminée un vendredi soir et elle n'avait pas jugé bon de venir saluer ses collègues. Malgré son antipathie pour elle, Émilie devait bien reconnaître qu'elle la comprenait. Après tout, on ne pouvait pas dire qu'ils avaient été accueillants envers elle. Elle n'était donc pas mécontente de mettre cette sombre affaire derrière elle et, à présent, seule une question la taraudait encore à ce propos : Guillaume et elle continuaient-ils à se voir ? Elle n'avait que peu d'informations sur le sujet, le jeune homme l'évitant scrupuleusement. S'il venait l'embrasser chaque matin, lui demandait comment elle allait, ils n'étaient plus que des collègues. Finis les mots déposés dans son casier ainsi que les textos pendant la pause du midi, les séances de cinéma du dimanche après-midi, les soirées chez lui. Si tout cela lui manquait, ce n'était rien à côté de l'abîme laissé par leurs longues conversations. Elle se sentait comme après une rupture, vidée de sa substance et, vu qu'ils n'avaient jamais été ensemble, elle n'avait même pas le droit à une déprime en bonne et due forme. Elle se contentait donc de quelques cigarettes fumées à la va-vite en plein vent, peu désireuse d'attirer l'attention de tous sur le fait qu'elle s'était remise à la nicotine, surtout après avoir cassé les pieds à tout le monde pendant des mois lorsqu'elle s'était arrêtée. Guillaume avait été très présent pour elle à cette période délicate, se rappela-t-elle, une cigarette au coin des lèvres. Certaines se ruaient sur le chocolat, elle c'était la nicotine.

Quand, un matin, elle arriva en salle des professeurs et découvrit l'affiche que Guillaume avait scotchée à la porte, les invitant tous à son vingt-troisième anniversaire, Émilie ressentit le besoin impérieux de faire un sort au paquet qu'elle venait d'acheter.

— On y va, l'informa Steph.

Elle ne se laissa pas démonter par la moue peu enthousiaste de son amie.

— Trop tard, mon chéri est déjà prévenu. Il garde les petites ce soir-là et j'ai mis une option sur ton canap !

— Je suis désolée, Steph, mais ça ne va pas être possible.

À son corps défendant, elle finit par expliquer à Steph les raisons de sa brouille avec Guillaume. La réaction de celle-ci la surprit :

— Ça fait des années que vous vous tournez autour ! Quand est-ce que tu vas avouer que tu le kiffes ce mec ?

— Que je le kiffe ? Mais tu as quel âge toi ? On croirait entendre un de nos élèves !

— Garde ton mépris pour toi, ma belle ! Tu n'as pas le choix, tu vas réveiller la bombasse qui est en toi et convaincre ce pauvre garçon de te pardonner !

Elle eut beau essayer de raisonner son amie et de lui montrer l'inutilité de sa démarche, celle-ci obtint gain de cause et ce fut ainsi qu'elle se retrouva affublée d'une petite robe qui ne cachait que très peu ses charmes, achetée pour l'occasion sur les conseils de Steph. Titubant sur ses talons aiguille, qui lui donnaient le sentiment d'être une girafe en état d'ébriété, elle s'efforça d'avancer dignement, ignorant superbement les regards torves que lui adressaient les amis de Guillaume.

— Sympa la bicoque ! fit Steph en entrant dans la grande maison des parents de Guillaume.

La villa, perdue au beau milieu de la campagne, se méritait. Elles y étaient parvenues au terme d'une bonne demi-heure d'une route sinueuse, éclaboussée de boue et d'autres éléments moins ragoûtants, mais tout aussi naturels.

— Putain, répétait Steph à chaque virage en épingle. Ça devrait être interdit d'habiter dans ce coin paumé ! Il ne pouvait pas faire ça chez lui ?

— Dans son studio ?

Elle avait haussé les épaules et donné un coup de volant, arrachant un cri à Émilie.

— Mais tu es malade ! Tu te crois sur un circuit ou quoi ?

Nouveau haussement d'épaules. À plusieurs reprises, Émilie avait cru sa dernière heure arrivée, mais elles s'étaient finalement garées devant la maison, indemnes et, plus important encore, leur amitié avait résisté à cette épreuve. La première remarque qu'elle se fit en entrant dans le salon fut que la moyenne d'âge était basse, autour d'une vingtaine d'années, et, si elle n'avait pas porté des talons vertigineux, elle aurait piqué un sprint.

Elle le repéra aussitôt, assis sur le canapé, au milieu de ses potes du rugby. Il riait aux éclats, la tête rejetée en arrière. Cela faisait longtemps qu'elle ne l'avait pas vu aussi détendu. Virginie et Victor les rejoignirent, un grand sourire aux lèvres, et ils discutèrent un moment avant que Steph ne lui signifie qu'il fallait y aller. Elle inspira, expira, renouvela l'opération, comme si elle s'apprêtait à effectuer un saut en parachute. Elle suivit son amie qui, frondeuse, se fraya un chemin parmi la horde de minettes en mini-jupe qui rodaient autour du canapé.

— Happy birthday, Guillaume ! s'écria Steph en se postant devant le jeune homme qui, un grand sourire aux lèvres, se leva et l'embrassa avec effusion, la remerciant d'être venue.

Il se trouva ensuite face à Émilie, eut un temps d'arrêt, mais lui plaqua finalement deux bises sur les joues, l'enveloppant d'un regard indéchiffrable. Plusieurs de ses amis, qu'elle avait déjà rencontrés auparavant se levèrent pour la saluer.

— Ça fait longtemps qu'on ne t'a pas vue, remarqua Damien, un grand black aux yeux clairs.

— En tout cas, tu es toujours aussi ravissante, lui déclara un garçon au visage poupin, qu'elle se rappelait avoir rencontré, mais dont le prénom lui échappait.

Elle lui sourit vaguement et alla retrouver Stéphane et David qui venaient d'arriver.

À son grand regret, elle vit bien peu Guillaume pendant la soirée, occupé qu'il était à flirter et à boire. Au bout d'une heure, n'y tenant plus, elle abandonna ses amis près du buffet froid et sortit s'en griller une. Elle alla s'installer sur les marches qui menaient au jardin et défit lestement les boucles de ses chaussures, qu'elle retira avec délectation. Elle n'en pouvait plus de ces foutus escarpins qui lui blessaient la chair. La tête appuyée sur les barreaux en bois de la rampe, elle s'alluma une cigarette et ferma les yeux. Cette soirée était un fiasco, Guillaume était passé à autre chose si l'on se référait à la jolie blonde assise sur ses genoux quand elle était sortie.

— Salut, toi !

Elle sursauta et leva la tête. Baby Face, le garçon au visage d'adolescent posé sur un corps d'homme, l'observait, un sourire enjôleur aux lèvres.

C'est reparti pour un tour ! Il avait enclenché le mode lourdaud, c'était évident et, la bière n'aidant pas, elle risquait d'avoir du mal à s'en débarrasser. *Pourquoi ce soir ?* Il s'assit près d'elle, assez près pour que leurs genoux se touchent. Instinctivement, elle tira sur sa robe.

— Tu es vraiment magnifique, susurra-t-il en se penchant sur son oreille.

— Je sais, merci, lui assura-t-elle en observant ses ongles.

Il eut l'air déstabilisé et le silence s'étira entre eux. Elle se crut sauvée, naïvement, mais il passa à la deuxième salve :

— C'est fou qu'une meuf comme toi soit encore célibataire à ton âge. Si tu veux des descendants, il va falloir te trouver un mec, et vite !

Il ponctua son offre d'un clin d'œil suggestif. Émilie se tourna vers lui, toutes griffes dehors :

— Si tu tiens à garder tes bijoux de famille en état de marche, je te conseille de te barrer, parce que là, mon pote, tu viens de me traiter de vieille et de désespérée et ça, c'est ce qui s'appelle dépasser les bornes !

Il ouvrit la bouche, la referma comme un poisson hors de l'eau et déguerpit.

— Mais pour qui il se prend celui-là ? s'écria-t-elle, furieuse.

Un petit rire se fit entendre. Elle se saisit de son minuscule sac à main et enroula la lanière en cuir autour de sa paume. S'il venait encore lui faire une proposition, il n'allait pas être déçu du voyage !

— Hé on se calme ! s'écria Guillaume en interceptant le sac qu'elle lui jeta au visage au moment où il s'asseyait.

— Je suis désolée, déclara-t-elle, contrariée. C'est ton pote, il est complètement con.

— Je lui avais dit qu'il n'était pas de taille, mais il n'a rien voulu savoir.

Elle se tourna vers lui et décela une pointe d'amusement dans son expression. Leur relation se réchauffait donc enfin ! Il resta silencieux pendant un long moment, jouant avec les franges de son sac.

Elle garda également le silence, peu désireuse de mettre à mal leur entente presque cordiale. Elle ne fut pas déçue lorsqu'il reprit la parole :

— Qu'est-ce que tu fiches ici, Émilie ? Tu n'as rien d'autre à faire un samedi soir que de venir draguer mes potes d'une vingtaine d'années ?

Elle pâlit sous son fond de teint, estomaquée par la rudesse du coup. Elle eut beau se creuser les méninges, à la recherche d'une réplique cinglante, rien ne lui vint, mis à part des larmes. Elle ne lui ferait pas le plaisir de s'effondrer devant lui. Sans un mot, elle serra les dents, ramassa ses chaussures, récupéra son sac et se leva. Elle n'avait pas fait deux pas qu'il était sur elle et la plaquait contre le mur en crépi de la maison. Le souffle coupé, elle leva la tête vers lui. Son visage était à quelques centimètres du sien et, pour la première fois, elle se rendit compte que son haleine était chargée d'alcool. Elle le repoussa des deux mains, en vain.

— Mais qu'est-ce que tu fais, Guillaume ?

Son ton alarmé provoqua une réaction chez le jeune homme qui recula, hébété.

— Pas comme ça, murmura-t-elle sans se préoccuper de la sensation de brûlure qui se propageait dans son épaule.

Elle vint poser la main sur sa poitrine. Leurs regards se croisèrent, se mesurèrent et soudain, sans un mot, il la souleva. Elle passa les bras autour de son cou et le laissa l'emmener à travers le jardin. Bien vite, ils furent devant la porte d'une dépendance qu'elle n'avait pas vue depuis la maison. Il l'ouvrit avec son coude et la referma d'un coup de pied. Ils arrivèrent dans une belle pièce ornée de boiseries où trônait un grand lit éclairé par la lumière de la pleine lune. Il l'y déposa et resta un instant à la contempler avant d'ôter son t-shirt. Il la rejoignit et s'allongea contre elle. Émilie ne fit pas un geste, comme s'il était un animal sauvage qu'elle avait peur d'effrayer. Leurs yeux ne se quittaient plus. Les lèvres du jeune homme vinrent caresser les siennes et elle passa ses bras autour de son cou. Elle se laissa déshabiller et ferma les yeux quand il promena ses doigts sur sa peau. Ils n'échangèrent pas une parole, se contentant de se toucher. A peine un petit gémissement lui échappa lorsqu'il vint en elle. Ils firent l'amour en silence, les yeux dans les yeux, la lueur argentée de la lune projetant un jeu d'ombres sur leurs corps entrelacés.

Une fois leurs corps repus, Guillaume se leva, ramassa ses affaires et s'enferma dans la petite salle de bains attenante. Elle resta allongée sur le lit, le bras sur son front, à se demander ce que signifiait cet intermède. La porte s'ouvrit soudain et sa haute silhouette apparut dans l'encadrement. Son cœur se mit à battre plus vite. Rien à faire, elle ne pouvait plus se mentir, elle n'était décidément pas indifférente à ce garçon. Laissant la lumière allumée, il vint s'asseoir près d'elle sur le lit et la ramena contre lui, ses doigts dans les longs cheveux blonds de la jeune femme.

— Tu es si belle.

Ses doigts errèrent sur son corps dénudé, la laissant frissonnante et prête pour un deuxième round.

— Il faut que j'y aille, mes invités m'attendent.

Un sourire séducteur aux lèvres, elle caressa sa joue ombrée de barbe d'une main légère. Il s'en empara et y posa ses lèvres, la regarda droit dans les yeux et lui dit d'une voix parfaitement neutre :

— Merci pour ce moment, Émilie. C'était vraiment génial.

Elle blêmit. Elle avait bien peur de voir où il voulait en venir. Il ne pouvait pas lui faire ce coup-là. Et pourtant, si.

— Mais ça restera juste un moment, dit-elle d'une voix qu'elle espérait ferme.

Il lui adressa un clin d'œil et, après avoir déposé un dernier baiser sur ses lèvres, il se leva et sortit, non sans lui avoir demandé de bien claquer la porte derrière elle quand elle partirait. Elle se laissa retomber sur l'oreiller, désemparée. Prise à son propre piège !

Chapitre 7

Laurent

Le jeune garçon baissa la tête piteusement.

— J'ai oublié mon carnet de correspondance à la maison, m'sieur.

Ses yeux s'arrondirent sous l'effet de la crainte :

— Je vais devoir rester jusqu'à cinq heures et demie ? Parce que j'ai un entraînement ce soir.

— Qu'est-ce que tu fais comme sport ? lui demanda Laurent, lui jetant un regard bienveillant.

— Du foot. M'sieur, ma mère travaille que cet après-midi, est-ce que je peux l'appeler ? Comme ça, elle va me ramener mon carnet.

Les yeux remplis d'espoir, il agitait son i-phone 5 devant un Laurent éberlué. Depuis quand les mômes de sixième se promenaient-ils avec des portables à mille euros ?

— Range-moi ça, lui dit-il. Va voir les surveillants, ils vont appeler ta mère.

C'était son jour de bonté. Après tout, c'était le retour des congés de printemps.

— Merci m'sieur, lui glissa-t-il en entrant dans l'établissement précipitamment, de peur certainement qu'il ne change d'avis.

Rien ne pourrait lui gâcher sa journée, pas même la mère Lépine. Après les vacances qu'il venait de passer, rien ne pourrait affecter son moral d'acier. Quand il repensait à ces moments avec elle, un sourire idiot se dessinait sur ses lèvres. Et dire que quinze jours auparavant, il était proche du burn-out. Cela lui paraissait si loin, presque une autre vie. Elle lui avait confié son numéro de portable quand elle avait quitté le collège, lui glissant qu'elle ne faisait rien de particulier pendant ces vacances. Il avait empoché le papier en se disant que jamais il ne l'appellerait, même si ce qui s'était passé entre eux dans l'infirmerie resterait pour lui une scène d'anthologie. De toute façon, il n'aurait le temps de se consacrer à personne d'autre qu'à ses enfants pendant ces quinze jours. C'était l'argument de choc qu'il avait utilisé lorsque Madame Lépine lui avait demandé d'assurer la permanence du collège pendant les trois premiers jours. Étant donné qu'il s'était farci celles des vacances précédentes, il était bien décidé à ne pas se laisser faire. À sa grande surprise, cela avait été d'une facilité déconcertante : il lui avait suffi de brandir une photo de ses bambins pour faire reculer sa supérieure hiérarchique. Comme quoi, elle n'était pas un mauvais cheval. Jamais il n'avait eu l'intention de lui mentir, simplement, c'était Marianne, son ex-femme, qui avait compliqué la situation en lui annonçant au dernier moment qu'elle emmenait les enfants dans le sud pendant une semaine. Dire qu'il avait mal pris les choses était un euphémisme. Lui qui avait toujours évité au maximum d'entrer en conflit avec elle, pour éviter d'éprouver davantage les enfants, était entré dans une colère noire, tant et si bien qu'elle avait fini par lui raccrocher au nez. Il s'était ainsi retrouvé seul, déprimé. Il s'était fait une telle joie à l'idée de passer tout ce temps avec ses enfants qu'ils ne voyaient qu'un week-end sur deux et qu'il avait trop souvent le sentiment de négliger.

En décidant d'aller traîner son blues sur les quais de Seine, il avait retrouvé le petit papier. Après avoir longuement hésité — elle était bien trop jeune pour lui, ils n'avaient sans doute rien en commun —, la solitude et le désir l'avaient emporté et il s'était décidé à composer son numéro de téléphone. Elle avait été ravie de son coup de fil et avait accepté sur-le-champ son invitation au restaurant. Ils s'étaient retrouvés dans une charmante brasserie du centre-ville où ils s'étaient finalement découvert une foule d'intérêts communs : la danse, le théâtre. Sous ses airs de séductrice endurcie, la belle Léa cachait une grande sensibilité, en tout cas, ce fut ce qu'elle lui laissa entendre ce premier soir. Après une balade en ville main dans la main, à partager des anecdotes et se raconter leurs vies, ils s'étaient retrouvés au pied de son immeuble. Ses doutes n'avaient pas fait long feu devant les charmes de la belle et il ne s'était pas fait prier pour la débarrasser de ses encombrants vêtements, un à un, l'esprit tourné vers un seul objectif : la satisfaire. Lui, qui s'était enorgueilli de la faire profiter de son expérience chèrement acquise, avait été surpris de constater que, malgré ses vingt-cinq ans, Léa n'avait rien d'une oie blanche et savait parfaitement comment faire vibrer un homme, fût-il son aîné d'à peine quelques années. Après cette expérience révélatrice (pour lui), ils ne s'étaient plus quittés, partageant leurs nuits, leurs repas et leurs loisirs.

Les premiers jours, lorsqu'ils se promenaient main dans la main, il n'avait eu de cesse de sursauter, de peur de croiser un de « ses » professeurs en ville, ce qui ne manquait pas d'amuser la jeune femme.

— Ils sont tous en Bretagne, lui répétait-elle en riant. Il n'y a pas plus prévisible qu'un prof ! L'hiver à la montagne, le printemps et l'été près de la mer !

Alors qu'il commençait à peine à s'habituer à afficher cette relation en public, ils étaient tombés, à sa grande déconfiture, sur le chéri de ses dames, le beau Guillaume. Laurent aurait adoré pouvoir s'esquiver avant qu'il ne les aperçoive, mais c'était sans compter sur Léa, qui s'était jetée à son cou.

— Salut, toi, avait-il dit en la serrant dans ses bras de bûcheron canadien. Ça me fait plaisir de te voir.

Il avait clairement été surpris en le découvrant en compagnie de Léa, mais très vite, il s'était repris et avait chaleureusement serré la main de Laurent.

— Qu'est-ce que tu fais de tes vacances ? lui avait demandé Léa, peu préoccupée du malaise qu'il éprouvait en se retrouvant à discuter de sa petite vie avec sa jeune amante et l'un de ses subordonnés, d'autant que ces deux-là semblaient particulièrement bien s'entendre.

— Pas grand-chose, je révise pour mon oral.

— C'est juste après les vacances, c'est bien ça ?

Guillaume avait acquiescé.

— Pas trop stressé ?

— Non, tu me connais, je suis confiant. Et puis, on verra bien.

Ils avaient discuté une éternité et Laurent avait senti la moutarde lui monter au nez. Dès que le jeune homme eut pris congé, il s'était tourné vers sa dulcinée, incapable de se refréner :

— Il y a eu quelque chose entre vous ?

— Tu es jaloux ? le taquina-t-elle. C'est trop mignon, mais il va falloir que tu te calmes parce que sinon, tu ne vas pas survivre ! Je ne suis pas exactement mère Thérésa.

S'il avait été amusé par la candeur de la jeune femme, il avait également remarqué qu'elle n'avait pas répondu à sa question, qu'il avait donc réitérée.

— Oui, il y a bien eu un petit truc entre nous, avait-elle avoué à contrecœur, mais rien de sérieux. Il est complètement accro à cette fille, même si je ne vois pas bien pourquoi.

— Ce ne serait pas Émilie Delaporte, cette fille, par hasard ? s'était-il écrié, triomphant.

Il avait raison depuis le début.

— Oui, c'est elle, avait-elle reconnu du bout des lèvres, comme s'il n'y avait pas de mots suffisamment forts pour exprimer le dédain qu'elle éprouvait pour son ancienne collègue. J'ai bien essayé de lui dire de laisser tomber, qu'elle n'en avait rien à foutre de lui, qu'il ne faisait que flatter son ego surdimensionné, mais c'était plus fort que lui !

Une moue de dépit aux lèvres, elle avait ajouté :

— Je ne sais pas ce que vous lui trouvez tous à la fin !

Laurent s'était représenté le joli visage auréolé d'une cascade de cheveux blonds, les longues jambes fines, et son air rêveur avait fini par le trahir, lui valant une tape de la part de Léa.

— Pas toi aussi !

— Tu es jalouse ? dit-il en la singeant. C'est trop mignon, mais il va falloir que tu te détendes, ma belle, parce que sinon, tu ne vas pas résister. Je ne suis pas exactement un enfant de chœur, baby !

Elle lui avait jeté un regard assassin puis avait éclaté de rire.

— OK, balle au centre !

Émilie

Elle avait eu bien du mal à émerger ce matin-là et elle se débattait encore dans les brumes d'un sommeil agité quand elle fit entrer ses élèves en classe.

— Good morning, leur disait-elle à chacun en s'efforçant de leur présenter un visage serein.

— I love your hairs, miss, lui déclara une de ses petites sixièmes.

— Tu es sûre de toi, là ? Je te rappelle juste que si tu mets « hair » au pluriel, ça devient le mot « poil » et non plus « cheveux ».

La gamine, une adorable poupée de douze ans, plaqua une main sur sa bouche pour étouffer un rire naissant.

— Sorry, miss.

Émilie lui adressa un clin d'œil et la remercia. Elle passa ses doigts dans sa chevelure lisse, arrangée en un carré si court que sa nuque était offerte à la morsure du froid. Malgré les compliments qu'on lui faisait, elle se demandait si elle avait bien fait. Elle avait cédé à une pulsion pendant les vacances. Un matin où elle n'en pouvait plus de sa mine pâlotte et de ses yeux cernés, elle avait décidé de prendre les choses en main et d'initier un changement de cap, en commençant par un renouveau physique. Elle avait donc donné carte blanche à sa coiffeuse qui s'en était donné à cœur joie, faisant virevolter ciseaux, peignes, brosses et sèche-cheveux. Elle était ressortie avec le cœur et le porte-monnaie allégés. Hélas, l'effet placebo n'avait pas duré et son moral était reparti à la baisse. En fait, elle ne se remettait pas de l'anniversaire de Guillaume ou, pour être plus exacte, elle ne se remettait pas de Guillaume. Il lui manquait à tel point qu'elle avait parfois le sentiment de devenir folle. Elle avait bien essayé de le voir pendant les vacances, prétextant une sortie au cinéma en groupe, mais il lui avait à chaque fois répondu qu'il bossait son oral de concours. Elle était même allée jusqu'à traîner dans son quartier dans l'espoir de le voir, en vain. Seul un reste de fierté l'avait empêchée d'aller sonner à sa porte et de lui dire combien la vie lui était pénible sans lui. Elle s'en voulait énormément d'être dans cet état à cause d'un mec, de surcroît un mec dont elle avait elle-même repoussé les avances. Ce n'était pas elle, ça, et elle essayait vaillamment de reprendre le dessus, comptant sur le temps pour faire son œuvre d'oubli. Elle se forçait donc à sortir, à rire et à manger, mais elle se sentait détachée de tout. Il fut absent une semaine du collège pour cause d'oral de concours et, en dépit de ce qu'elle s'était promis, le jour de son retour, elle était fébrile.

Guillaume

Il avait plutôt un bon feeling par rapport à cet oral et ce fut ce qu'il répondit à toutes les personnes qui lui posèrent la question.

— On pourra t'avoir quand tu seras prof d'EPS ? lui demandèrent plusieurs élèves.

— Ça m'étonnerait que je puisse rester ici.

— Non, mais pourquoi ? Tu pourrais prendre la place de Monsieur Lecorne !

— Ce n'est pas très sympa pour Monsieur Lecorne ça, répondit-il sévèrement, alors que la mine dépitée des jeunes filles lui donnait plutôt envie de rire.

Le jour précédant son départ pour Bordeaux, il avait reçu des tonnes de textos pour lui souhaiter toutes sortes de choses et il s'était senti apprécié, épaulé. Fort de ce soutien virtuel, il avait donné tout ce qu'il avait lors de la présentation de son dossier.

— Tu as intérêt à me payer un coup si tu l'as, avait bien insisté David Lecorne avant qu'il ne parte.

David l'avait beaucoup aidé lors de sa préparation, acceptant qu'il assiste à ses cours, le laissant même prendre en charge quelques séances. Ce fut le premier à qui il raconta en détail son oral, lui répétant mot pour mot les arguments qu'il avait utilisés pour présenter la situation d'enseignement qu'il avait choisi d'étudier. Une fois son récit terminé, il lui demanda comment s'était passée la semaine au collège :

— Rien de particulier, lui avait répondu David. Même si on est un peu inquiet pour Émilie.

— Ah bon, qu'est-ce qui lui arrive ? dit-il, se demandant s'il feignait ou non l'indifférence qui teintait sa voix.

— Je ne sais pas ce qu'elle a foutu pendant les vacances, si c'est la coupe de cheveux qui lui a fait perdre des neurones, en tout cas, elle est complètement à l'ouest en ce moment.

— Qu'est-ce que tu veux dire ?

— Déjà, elle a une tête pas possible, on croirait qu'elle ne dort pas. Et puis elle fait n'importe quoi, elle sème ses clés partout, elle arrive en classe sans ses cours. Elle a été obligée de repartir chez elle à plusieurs reprises parce qu'elle avait oublié sa clé USB et mes troisièmes m'ont raconté qu'elle leur avait filé deux fois le même contrôle.

— En effet, ça ne lui ressemble pas. Vous avez essayé de lui parler ?

— Steph a essayé et elle s'est fait rembarrer.

David hésita un moment, visiblement gêné, et Guillaume le regarda ramer, sachant pertinemment ce qui lui pendait au nez.

— Tu ne voudrais pas essayer de lui tirer les vers du nez, toi ? Vous êtes amis.

Le jeune homme grimaça. Il n'avait aucune envie de recommencer le même cirque avec Émilie alors qu'il parvenait à peine à ne plus penser à elle en permanence.

— Écoute, je préférerais éviter. On n'est plus en très bons termes, Émilie et moi.

— Ah OK. Désolé, je ne savais pas.

— Il n'y a pas de mal !

Il s'en voulut un peu de lui refuser son aide, mais il devait se préserver.

Il l'aperçut avant qu'elle ne le vît. Elle se tenait devant sa salle et discutait à voix basse avec Steph. David avait raison, elle n'avait pas l'air très en forme. Elle avait les traits tirés et de grands cernes soulignaient ses yeux bleus. Elle tourna la tête et leurs regards se croisèrent. Elle eut un petit sourire infiniment triste qui, malgré toutes ses résolutions, lui serra l'estomac. Il alla les embrasser.

— Alors, cet oral, ça s'est bien passé ? lui demanda Émilie.

Il se sentit un peu gêné de ne pas avoir répondu aux nombreux textos qu'elle lui avait envoyés pour lui souhaiter bonne chance.

— Je suis désolé de ne pas t'avoir répondu, c'était super speed...

— Je comprends parfaitement, lui assura-t-elle, il n'y a aucun souci. Ce qui importe, c'est que ça se soit bien passé pour toi.

Il la rassura sur ce point, lui raconta brièvement le déroulement de l'épreuve et lui souhaita une bonne journée. Il sursauta quand il se rendit compte que Steph l'observait, les yeux réduits à deux fentes.

— Toi, lui glissa-t-elle quand il passa près d'elle, tu ne perds rien pour attendre !

Malgré le cœur qu'il mit à l'éviter, disparaissant dès qu'il l'apercevait dans les couloirs, elle finit par le coincer dans le bureau des assistants d'éducation. Profitant du fait qu'il y était seul, occupé à reporter les heures de retenue dans un bon vieux registre, elle entra et referma la porte derrière elle. Il sursauta en la voyant.

— Salut, Steph, tu as des heures de colle à me donner ?

— Tu crois que je n'ai pas remarqué ton petit manège ?

L'air surpris qu'il plaqua sur son visage ne convainquit pas la jeune femme, qui, les joues rougies par l'indignation, mains sur les hanches, se tenait devant lui, prête à le hacher menu s'il en croyait son expression meurtrière. Il avait toujours entendu les élèves dire que Madame Julien pouvait être très impressionnante quand elle se mettait en colère. Il s'était alors contenté de se moquer d'eux. À présent, il n'était plus si sûr de lui et jeta un regard plein d'envie vers la porte. Aucune chance. S'il tentait ne serait-ce que de bouger le petit doigt, elle serait bien capable de le plaquer au sol. Jamais il ne survivrait à une telle humiliation.

— Ça fait des jours que tu m'évites. Si tu crois que ça va t'épargner une conversation désagréable, tu rêves !

— Tu veux me parler d'Émilie ? David m'a déjà demandé de lui parler et je lui ai dit que j'étais désolé, mais que je ne pouvais pas. On n'est plus aussi proches tous les deux, s'empressa-t-il d'ajouter en la voyant passer de la colère à la furie.

— Je n'en reviens pas que tu dises ça, que tu refuses de l'aider. Tu ne te rends pas compte qu'elle n'est pas bien ? Ça ne te fait rien ? lui demanda-t-elle sur un ton accusateur.

Elle commençait sérieusement à lui prendre la tête. Voilà qu'elle voulait le faire passer pour le salaud de service à présent. Exaspéré, il se leva et lui fit face.

— Bon, commença-t-il, bien décidé à ne pas se laisser faire. Non, je n'ai pas envie de me retrouver à écouter les confidences d'Émilie. Ça fait trois ans que je la regarde changer de mecs tous les mois et crois-moi, ça ne m'a jamais fait plaisir. Il n'y aura jamais rien de sérieux entre nous, elle a été très claire là-dessus, donc oui, j'ai choisi de me protéger, parce que je ne supporte plus de la voir avec d'autres. Si ça fait de moi le pire salaud de la terre, eh bien tant pis !

— Qu'est-ce que tu es con ! soupira Steph en s'accoudant au comptoir qui surmontait le bureau.

Le jeune homme resta à la regarder, l'air bovin. Il allait protester quand elle se tourna vers lui :

— Elle est amoureuse de toi, lui annonça-t-elle à brûle-pourpoint.

— Hein ? fut tout ce qu'il trouva à lui répondre, l'air ébahi.

— Tu m'as bien entendu, elle est amoureuse de toi. Elle ne veut pas l'admettre, mais elle est en train de craquer. Elle ne supporte pas de te voir t'éloigner, mais elle est tellement persuadée que tu es beaucoup trop jeune pour elle et que votre histoire ne marchera jamais qu'elle ne se rend même pas compte qu'elle se tire une balle dans le pied.

Sous le choc, Guillaume se laissa retomber sur son siège.

— Tu ne savais pas ? lui demanda Steph, radoucie.

Il secoua la tête, perturbé.

— Elle cache bien son jeu, dit-il. Tu es sûre de toi ?

— Je la connais depuis le lycée, notre Émilie. Je ne l'ai jamais vue comme ça avec un mec.

— Comment ça devait être avec les autres alors !

— Elle en a fait pleurer plus d'un, je t'assure, dit-elle en riant. J'en ai ramassé à la petite cuillère.

Il secoua la tête, un vague sourire aux lèvres. C'est vrai qu'elle pouvait être redoutable, Émilie ! Il lui suffisait de jeter son dévolu sur un pauvre type pour qu'il tombe invariablement dans ses filets.

— Qu'est-ce que tu vas faire ?

— Je ne sais pas. En fait, je ne sais plus où j'en suis par rapport à elle. Elle m'en a tellement fait baver, je ne suis pas certain d'être prêt à lui pardonner.

— Je comprends, lui assura Steph en tapotant l'épaule du jeune homme.

Toute sa colère était retombée et seule l'inquiétude crispait ses traits.

— Réfléchis bien quand même, il y a quelque chose de fort entre vous, ce serait dommage de passer à côté.

Sur ces mots, elle disparut dans le couloir, le laissant à ses réflexions.

Chapitre 8

Émilie

Elle apprit la grande nouvelle de la bouche de Virginie.

— Tu es au courant ? lui susurra celle-ci à l'oreille.

Que tu es une commère vicieuse et frustrée ? Mais c'est de notoriété publique, Virginie !

Un jour, elle finirait par ne pas se contenter de le penser. C'était fou cette capacité qu'avait sa voix à lui tendre les nerfs comme un arc prêt à se rompre. Jamais personne ne lui avait fait cet effet-là, Virginie pouvait être fière d'elle. La jeune femme lui adressa d'un vague sourire, lui indiquant ainsi que ses révélations ne la mettraient probablement pas en transe. Comme elle se trompait !

— Tu vas être ravie, commença-t-elle.

Émilie s'interdit de lever les yeux au ciel, n'ayant de cesse de se répéter qu'un combat dans la boue entre elle et sa collègue ne pourrait en aucun cas figurer au programme des réjouissances de fin d'année.

— Je sais combien tu l'apprécies.

Accouche !

— Guillaume a eu son concours ! Il nous quitte en juin.

Plusieurs sentiments s'affrontèrent en elle : la satisfaction qu'il ait réussi ce concours qui lui tenait tellement à cœur, mais aussi une immense tristesse à l'idée qu'ils ne travailleraient plus ensemble.

— Ça va ? Tu es toute blanche !

— Je suis contente pour lui.

Ce fut ce qu'elle se répéta toute la matinée et, profitant d'un moment où il était seul dans le bureau, elle alla se planter devant lui.

— Bravo, Guillaume, c'est génial ! s'exclama-t-elle en le serrant contre elle.

Il eut l'air surpris, mais referma ses bras sur elle, lui tapotant le dos.

— Merci, Émilie, lui dit-il lorsqu'elle mit fin à leur étreinte. J'offre ma tournée ce soir, alors si tu veux venir, ça me ferait plaisir.

— Avec grand plaisir, répondit-elle sans se départir de son sourire de maniaque.

Deux filles de quatrième vinrent interrompre leur tête-à-tête impromptu. Elles étaient en larmes.

— Tu peux pas nous faire ça, Guillaume, tu peux pas nous abandonner.

— C'est vrai. C'est qui qui va nous faire réviser notre anglais ?

Elle tourna les talons, sans écouter sa réponse. Ses glandes lacrymales à elle aussi étaient mises à rude épreuve.

Guillaume

Il avait décidé de venir seul, sans la fille avec laquelle il sortait et qu'il ne verrait probablement plus bien longtemps. Il fut touché de constater que presque tous ses collègues avaient répondu présents. Il ne s'était d'ailleurs pas attendu à un tel engouement lorsqu'il avait lancé l'invitation quelques heures auparavant. Cette histoire allait lui coûter un bras, mais bon, il connaissait le patron du bar avec qui il pouvait s'arranger et puis, en plus, ce n'était pas tous les jours que l'on devenait prof !

— Tu es bien sûr de vouloir faire ça ? lui avait demandé Elizabeth Postel, tu veux vraiment finir comme lui ?

Du menton elle désigna leur collègue de musique. Ils éclatèrent de rire en même temps. Il avait été surpris qu'elle vienne, ils n'avaient jamais été proches quand ils travaillaient ensemble, mais lorsqu'elle lui avait expliqué combien elle avait apprécié son professionnalisme et son empathie envers les élèves, il avait été flatté. Il ne s'attendait d'ailleurs pas à ce qu'elle soit aussi drôle. Lorsqu'il en avait fait la remarque à Émilie, elle s'était penchée vers lui et, riant dans sa barbe, elle lui avait déclaré :

— Tu dis ça parce que tu n'es jamais allée en Angleterre avec elle ! Eliza, tu lui files un Pimm's et elle te met le feu au pub !

Elle aussi était arrivée seule et s'était sagement assise entre Fatima et Stéphanie. Il n'eut que peu d'occasions de discuter avec elle, après tout, il était la star de la soirée et tous le sollicitaient pour passer un peu de temps avec lui. Il fut extrêmement surpris de voir débarquer deux grands gaillards, des anciens élèves, joueurs de rugby comme lui, avec qui il avait partagé des moments forts.

— Mais qu'est-ce que vous faites là ? leur demanda-t-il, ravi de les revoir.

— C'est Madame Delaporte qui nous a appelés.

Il se tourna vers Émilie qui lui souriait, visiblement enchantée, et quand il articula un « merci » silencieux dans sa direction, elle leva sa chope de bière à sa santé. Il discuta un long moment avec eux et lorsqu'il se tourna de nouveau vers sa place, elle avait disparu. Il l'aperçut avec ses deux amies. Elles semblaient être aux prises avec un groupe de jeunes hommes. Il s'excusa auprès des garçons et s'approcha.

— Non, mais il est con celui-là, elle n'est pas intéressée, il faut te le dire en quelle langue ?

— Je t'ai rien demandé à toi, c'est à elle que je parle. Allez, pourquoi tu veux pas me donner ton numéro ? On s'amuserait bien tous les deux.

Il put admirer le contraste entre les deux amies. Tandis que Stéphanie s'énervait, Émilie restait d'un calme olympien, et expliquait qu'elle avait déjà quelqu'un. Ce fut ce qui le décida. Elle sursauta lorsqu'il vint l'enlacer, se retourna pour voir qui osait prendre des libertés comme ça avec elle et lui sourit. Il déposa un baiser sur ses cheveux.

— Tout va bien ? dit-il.

Les garçons, en voyant sa carrure, l'assurèrent que c'était le cas et filèrent sans demander leur reste. Il libéra Émilie qui le remercia de son intervention.

— On aurait pu se débrouiller toutes seules ! insista Steph.

— On a gagné dix bonnes minutes. Sois un peu plus reconnaissante, la rabroua Émilie.

Steph se tourna vers elle, un sourire diabolique aux lèvres :

— Je crois que ce n'est pas de moi qu'on attend de la reconnaissance !

Émilie rougit jusqu'à la racine des cheveux et il la trouva adorable. Alors qu'il combattait vaillamment l'envie qui le taraudait de la jeter sur son épaule et de l'emmener chez lui où il essaierait de son mieux de lui porter de nouveau le rouge aux joues, elle lui annonça qu'elle devait rentrer. En la regardant s'éloigner, flanquée de leurs anciens élèves qui la dépassaient d'une bonne tête, il hésitait entre regret et soulagement. Il avait décidément du mal à se contrôler dès qu'il était question d'Émilie.

Rien ne lui fut épargné lors de ses derniers jours de travail. Il se vit offrir une compilation de blagues carambar de la part des élèves, ainsi qu'une multitude de petits mots affectueux, rassemblés dans un carnet, écrits essentiellement par des filles. Ses collègues assistants d'éducation l'attirèrent en salle polyvalente où ils montèrent sur l'estrade et lui interprétèrent une chanson qui le fit rire aux éclats.

— Ne t'inquiète pas ! lança Seb, tu pourras la revoir et profiter de nous chez toi puisqu'elle est sur la vidéo !

En constatant son air affolé, Seb ricana :

— Eh oui, il y a une vidéo ! Un grand merci à notre Émilie nationale qui s'est occupée de tout, de filmer et de monter... Bref, elle sait tout faire, cette fille ! La seule chose qu'elle n'a pas voulu faire pour toi, c'est poser nue ! Allez, Em, ne fais pas ta timide !

Tous se mirent à scander le prénom de la jeune femme qui finit par se lever, très mal à l'aise, et monta sur l'estrade. Elle balaya l'assistance du regard, fit une petite révérence pour les remercier de leurs applaudissements et prit la parole :

— Tout d'abord, merci à tous pour vos merveilleuses performances scéniques, certaines resteront à jamais gravées dans ma mémoire... pour le meilleur et pour le pire, dit-elle en fronçant les sourcils.

David et Stéphane l'acclamèrent.

— Mais rappelons-nous que nous sommes là pour dire au revoir et remercier un collègue qui nous est très cher...

— Parle pour toi ! s'écria Steph, déclenchant de nouveaux rires.

Elle se tourna vers lui.

— Tu vas nous manquer Guillaume, on a tous adoré travailler avec toi et...

L'émotion qui la submergeait l'empêcha de continuer et elle lui adressa un sourire mêlé de larmes. De nouveau, il fut repris par son réflexe Cro-Magnon et il lui fut reconnaissant de ne pas venir s'asseoir près de lui ou il lui aurait probablement demandé de porter ses enfants. Il l'imaginait déjà détaler dans la cour, sauter la barrière et reprendre sa course folle à travers le lotissement de maisons qui enserraient l'établissement. Lui-même fut ému aux larmes en voyant la vidéo. Tout le collège, sans exception, y avait participé et il se rendit compte qu'à la prochaine rentrée, il ne reviendrait pas travailler avec tous ces gens.

Le cœur serré, il leur fit un bref discours décousu, cachant son émotion derrière des blagues faciles, et fut ravi de proposer aux convives de passer aux choses sérieuses. S'ensuivit un ballet de tables et de chaises qui furent installées sous le préau, arrangées de manière à créer un large U. Sur celles qui étaient alignées contre le mur du bâtiment s'étalèrent bientôt une débauche de salades, de quiches et autres tartes salées ainsi que des desserts appétissants. Il garda un œil sur Émilie pendant tout le repas, mais n'alla pas la voir, sauf pour la remercier du travail extraordinaire qu'elle avait accompli. Elle se laissa faire quand il la ramena contre son torse, lui assurant qu'elle avait adoré faire cela pour lui, et rit de bon cœur aux deux, trois bêtises qu'il lui raconta. Elle non plus ne semblait pas rechercher sa compagnie, préférant celle de ses éternelles copines et de Monsieur Thomassin. Il hésita à la prévenir que celui-ci avait déjà choisi son camp puis se ravisa, estimant que cela ne le concernait pas. Il décida d'attendre que les bouteilles soient largement entamées et que les gens aient commencé à rentrer chez eux avant d'aller lui parler.

Quand vint enfin le moment où il se sentit prêt, ayant bu suffisamment pour se donner du courage, mais pas assez pour ne plus se souvenir de comment il s'appelait, elle avait disparu.

— Elle est montée dans sa salle il y a cinq minutes, l'informa Stéphanie.

Émilie

Elle profita de l'intérêt de tous pour la féroce partie de Mölkki qui s'était engagée entre profs et assistants d'éducation pour disparaître. Sous prétexte de faire de la place dans ses placards, elle alla se réfugier dans sa salle de classe. À peine commença-t-elle à trier les papiers qui encombraient son bureau, qu'elle dut s'interrompre, aveuglée par les larmes qui remplissaient ses yeux. À l'abri des regards, elle pouvait se l'avouer. Il allait énormément lui manquer, elle ne parvenait même pas à imaginer le collège sans lui. Et puis, elle s'en voulait tellement de la manière dont les choses s'étaient passées entre eux. Tout à coup, les arguments qui lui avaient semblé si sages et cohérents concernant leur différence d'âge et son immaturité lui paraissaient bien fallacieux. Elle se laissa tomber sur sa chaise et, la tête entre les mains, donna libre cours à son émotion.

— C'est là que tu te caches ! Je te cherchais partout. Je vais y aller et je ne voulais pas partir sans t'avoir parlé.

Elle sursauta en entendant sa voix et, d'un revers de main qu'elle espérait discret, essuya ses joues trempées. Elle se leva, prenant appui sur le dossier de sa chaise, et sourit à la salle vide.

— Il fallait que je range un peu ma classe.

— Tu pleures, constata-t-il, l'air surpris.

Doucement, il s'approcha d'elle.

— Tu sais, les fins d'année, ça me file toujours le cafard.

Sa main vint se poser sur son épaule, elle ferma les yeux un instant, profitant du moment.

— Regarde-moi, Émilie.

Elle aurait voulu lui ordonner de sortir, de la laisser tranquille, mais il n'était pas un de ses élèves et elle était trop lasse pour se battre. Elle se tourna vers lui. Ils étaient si proches qu'elle pouvait sentir son parfum. Fort et discret à la fois. Lentement, elle leva la tête jusqu'à ce que ses yeux bleus rencontrent le regard intense du jeune homme. Du bout des doigts, il traça le chemin parcouru par ses larmes sur sa joue. Personne n'avait le droit de la toucher ainsi, c'était intolérable. Elle ouvrit la bouche pour protester. Il la fit taire d'un baiser.

— Je vais te manquer, lui dit-il simplement.

Elle ne reconnaissait plus le jeune homme rieur et léger avec qui elle avait joué au chat et à la souris pendant ces trois années. Il avait l'air tellement sûr de son fait. Elle acquiesça, dans un mouvement imperceptible de la tête. Il soupira, appuya son front contre le sien. Puis, pris d'une soudaine inspiration, il la souleva et la déposa sur son bureau, se plaçant entre ses jambes, plaquant son corps contre le sien. Elle poussa un cri de surprise et écarquilla les yeux.

— Ça fait longtemps que j'ai envie de faire ça, lui murmura-t-il à l'oreille.

Frissonnante, elle émit un petit rire nerveux, qu'il arrêta en s'emparant de ses lèvres. Lorsqu'il la relâcha enfin, elle avait le sentiment que ses os s'étaient dissous, réduits en cendres par le brasier qu'il avait allumé en elle et elle était persuadée que plus jamais elle ne pourrait quitter ce bureau. S'il avait l'intention de la déshabiller là tout de suite et de lui faire l'amour dans sa salle de classe, elle n'y voyait aucun inconvénient. Bien au contraire.

— Tu sais ce que je vais faire ? lui demanda-t-il en promenant ses lèvres dans son cou.

— Hum, fit-elle, histoire d'être polie, occupée à défaire les boutons de son jeans. Il lui saisit les poignets, plongeant de nouveau son regard brûlant dans le sien. Elle fronça les sourcils.

— Je vais te ramener chez moi et te faire l'amour jusqu'à ce que tu demandes grâce.

— Ça me va, dit-elle, un petit sourire coquin aux lèvres, s'apprêtant à descendre du bureau.

Il la bloqua, pressant son corps contre le sien.

— Et ce n'est pas tout. Demain, on se mettra à la recherche d'un appart.

Ses yeux bruns scrutaient son visage, guettant sa réaction. Jamais il n'avait été aussi sérieux. Elle prit son temps pour répondre, étranglée par l'émotion, mais quand elle parla, sa voix était ferme.

— Oui, Guillaume, on va se trouver un super appart.

Elle sourit en voyant son visage se détendre.

Remerciements

À ma mère, ma plus fidèle lectrice, celle qui m'a transmis son amour des livres.

À ma Dream Team personnelle : Isa, Emma et Brigitte pour leur amitié précieuse et leur soutien indéfectible dans cette entreprise.

À Julie, qui m'a donné son point de vue de jeune fille.

À Céline, pour son regard honnête et sans concession.

À Jérémie, pour le soutien moral et les bons petits plats.